世界科幻大师丛书
主编：姚海军

时砂之王

［日］小川一水 著　　丁丁虫 译

四川科学技术出版社

THE LORD OF THE SANDS OF TIME

Copyright ⓒ 2007 by Issui Ogawa

This book is published by arrangement with Hayakawa Publishing Corporation

Simplified Chinese edition copyright:

2018 SCIENCE FICTION WORLD

All rights reserved.

图书在版编目(CIP)数据

时砂之王 / [日]小川一水 著；丁丁虫 译 .
- 成都:四川科学技术出版社， 2018.6

(世界科幻大师丛书 / 姚海军 主编)

ISBN 978-7-5364-9066-6

Ⅰ.①时… Ⅱ.①小… ②丁… Ⅲ.①科学幻想小说 – 日本 – 现代

Ⅳ.①I313.45

中国版本图书馆CIP数据核字(2018)第104056号

图进字21-2018-92

世界科幻大师丛书
时砂之王

出 品 人	钱丹凝
丛书主编	姚海军
著 者	[日]小川一水
译 者	丁丁虫
责任编辑	宋 齐 姚海军
特约编辑	李闻怡
封面插画	芝 柿
封面设计	施 洋
版面设计	施 洋
责任出版	欧晓春
出版发行	四川科学技术出版社
	四川省成都市槐树街2号出版大厦 邮政编码:610031
成品尺寸	147mm×208mm
印 张	8.125
字 数	190千
插 页	2
印 刷	四川省南方印务有限公司
版 次	2018年6月成都第一版
印 次	2018年6月成都第一次印刷
定 价	40.00元

ISBN 978-7-5364-9066-6

目　录

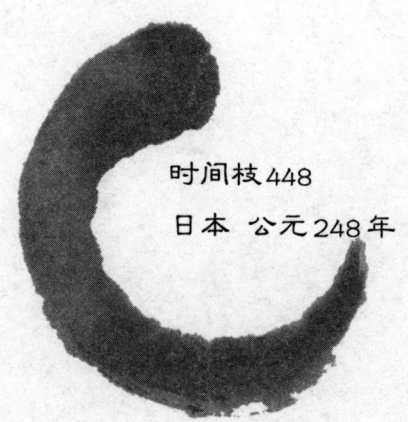

时间枝448

日本 公元248年

"弥与殿下……弥与殿下!"

少年的呼唤声越过树丛传来,既像有些生气,又像有些不安。

弥与无视呼唤,继续浅笑着走在楢柏与栎树间蜿蜒的狭窄小路上。这里虽然比坐落在盆地的宫殿凉爽许多,但因为爬坡的缘故,弥与也已经满身是汗了。擦一把额头上的汗珠,手上便沾满了土粉,那是为了遮盖文面涂上去的。若是取出藏在胸口的铜镜照一照,一定会看见一张惨不忍睹的脸吧。

知了的叫声吵得人头痛欲裂。

"弥与殿下!"

声音近了。似乎是从树丛中强行挤过来的。随后,近处又有刀砍树枝的声音,紧接着便看见甘从近旁跳了出来,纤弱的手臂拼命挥动,直追上来。

弥与瞥了他一眼,差点没笑出来。甘像栽进了泥塘一样,脸上满是泥水,上面还黏着蜘蛛网。就连刚做完陶罐的土师的脸都要比他干净些吧。

"甘,你看你急的,一点男子汉的样子都没了。"

"我再怎么都没关系……"

甘停下来喘了半天粗气,猛然抬头打量弥与,随后皱起眉,拨开

※本书书名"时砂之王"在日语中的发音与"须佐之男"相同。据日本最早的历史书籍《古事记》记载,须佐之男为日本开疆大神之子,最著名事迹为斩杀八歧大蛇。

弥与的手,轻轻摸了摸她的脸颊。

"弥与殿下才是一副脏兮兮的样子!"

"我也没关系。"

"不行,弥与殿下这么尊贵……啊,请别乱动!"

弥与晃晃头,想把甘的手晃开,但他的手托住了自己的脸颊,晃不下来。甘在弥与脸上胡乱擦了几下,在那动作里能感觉到些许急躁和快乐,就像对待女儿一样。除了甘,没有别的男人能这么摸她。她也从没想过要被别的男人抚摸。

不过,这大约因为甘还只是个尚未结耳鬓①的小孩吧。弥与等他像母亲一样把自己的脸擦干净以后,再反过来帮他擦脸。一边擦,弥与一边心想,这孩子还小着呢。

一旦擦干净,少年就恢复了圆圆的脸。虽然能看出颧骨有点突出的征兆,鼻子将来应该也会变得坚挺,但那双大大的眼睛怎么也不像是成年人的模样。弥与很安心。十四岁的甘,迟早会长成个头超过自己的强壮男子,但至少现在还没有会让自己动心的地方。

弥与是处女。眼下这一点自然是毋庸赘言的事实。即便在可预见的将来,大约也会一直是这样的吧。

"到底是要去哪儿啊?"

甘一边嘟囔,一边把嵌在脚丫里的小石子弄出来。

"离开宫殿已经五十多里地了,现在再不回头,天黑之前能不能回去都是问题。"

"不回去也没什么关系吧。实在不行,就在斑鸠一带熬一个晚上,也没什么大不了的。"

"请别任性!"

甘瞪了弥与一眼。弥与正想说她就是喜欢任性,可是听到甘

---

①古代男性发式,头发从中央分开,在耳边缩起来。

接下去的话,也就说不出口了。

"请您也为筱想一想。想想她一直都是怎么提心吊胆地在等您。"

筱是甘的姐姐,弥与偶尔会缠她做自己的替身。说是替身,其实也就是在内宫的暗处坐着而已,没什么必须要做的事情。反正杂事都有年长的婢女处理,只要看情况含含糊糊应答几声就行了——不过话虽如此,对于身为奴隶的甘与筱来说,也是相当沉重的负担吧。他们不像弥与那样早已习惯了被人服侍。

"嗯,筱确实很辛苦。"

"那就——"

甘正要说"回去吧",弥与拦住了他,一本正经地说:

"那就快点往前走。"

弥与抬腿就走。甘叹了口气,追在后面。

山路越来越陡,埋在潮湿腐土下面的大石头不时探出身来给人下绊。好在弥与平时经常锻炼,体型也比一般同龄的男子大,走这样的山路也就是多喘些气罢了。倒是甘,虽然自称身子轻便,要在前面开路,但因为没吃什么像样的东西,很快就被甩在后面。

"到底……是要……去……哪儿?"甘喘着粗气问。弥与本来打算让他大吃一惊,一直不肯告诉他,不过这时候看他实在挺可怜的。

"去看海。"

"海?"

"对哦。没看过吧?"

说话间,两个人来到了山顶。

微风轻抚面颊,强烈的阳光照得甘抬手遮挡。眼前的景象让他睁大了眼睛,赞叹不已。

"哇……"

站在山顶,整个西面一望无际。山麓处有一条向北的大河,其中一段似乎在进行什么工程,无数人正在忙碌劳作。右边是被湿地包围的湖泊,对岸平原上的稻田里都是绿油油的水稻。再往前,片片白帆点缀着波光粼粼的海面。

这幅初夏阳光映照中的景色,对于生活在盆地的两个人来说,委实是极少看见的。甘不禁深深吸了一口气,仿佛是要嗅出空气中海风的气息一般。

"弥与殿下……想看的就是这里?"

"嗯,我听说从志贵山可以看见大海。喏,那条大河,就是经过宫殿旁边的初濑川的下游。对面的湖泊是草香湖。再往前就汇入难波津了。"

"唔……河岸边那是在造什么呢?"

"那是初濑川的新河道。那不是我下的神谕、由你传给诸官的吗?初濑川一遇到大雨就会泛滥,所以下令整修河道,让它笔直注入大海,不要弯来扭去的。你忘记啦?"

"就是那个啊……"

少年摇摇头。他是没有切身体会吧。

甘的职责是在弥与和诸官之间传话,仅此而已。话的内容究竟是什么,他完全不理解。不过话说回来,弥与的感觉其实也和甘一样。她也从来没有想过,自己所下的神谕,会让如此众多的人行动起来,一点点改变地形。此刻在这里亲眼看见神谕产生的影响,总有些不可思议的感觉。

而且自己虽然在向甘解释,但愈是解释,不可思议感反而愈发强烈。

"看得见吗?那条由北边延伸过来的是矶齿津路。路尽头的那个大邑是住吉津。然后那边是茅渟海……"

"我看见大船了。真大啊!那是魏国的船吧?"

"大概是吧……"弥与应了一声,随后想起也不一定,"不过也可能是苦品国①或者阿去年国②的船。"

"说不定是剑卓或者罗马国的船!"

"说不定吧……"弥与含笑点头。天真无邪的甘好像以为只要是海船就哪儿都能去了,实际上,苦品国和阿去年国比魏国还远;至于剑卓和罗马,听说更加遥远,是在大地的另一头,水路要走好几百天。要想有船只往来、勃兴贸易,至少还要再过好几十年吧。

不过不管怎么遥远,不可否认的是,那些国家确实有船过来。派过去还礼的船虽然有一半都在路上沉没了,还好剩下一半总算得以生还,不知道是不是多亏了船上有持衰③的缘故。他们从比魏国还要遥远的地方带来的那些异国物品,让每个人都惊讶无比。迟早会有许多船只往来开展贸易的吧。

"跳上那条船就能去往从未见过的异国了吧?"

是的吧……或者说那根本只是痴心妄想呢? 弥与用眼角的余光扫过甘的侧脸,愈发感到现今这个世界的不可思议。

差不多直到二十年前,倭国还处在大乱之中。奴国、投马国等大国吞并了其他数十个小国。争地、争水、争战不休。无数人死于战乱,无数城池毁于战火。

不过,那样的大战终于迎来了结束的时刻。各国的实际主宰坐到一起,都说再这样下去只会导致民不聊生、国力疲敝,遂决定结成盟约,拥戴一位共同的王。自那以后,战争就平息了。虽然还会与狗奴国之类没有纳入同盟的国家发生些小摩擦,但自上而下总算是迎来了和平繁荣的时代。

倘若没有《使令》,就不会有今天吧。

《使令》是自上古流传至今的一卷古书,除了狗奴国之外,所有

---

①苦品国是《三国志·魏书·东夷传》记载的国名。

②阿去年国是《三国志·魏书·东夷传》记载的国名。

③持衰,语出《三国志·魏书·东夷传》,"其行来渡海诣中国,恒使一人,不梳头,不去虮虱,衣服垢污,不食肉,不近妇人,如丧人,名之为持衰。"

国家都有一份,而且内容完全相同。《使令》的出处虽然不明,内容却浅显易懂:世间将有大灾,早迟必至,汝等必戮力同心,共御大灾,驱妖除魔,自强不息,终有强援来助。诸如此类。

弥与觉得《使令》不过是一卷写了些陈腐道理的古书而已,然而各氏族的族长却深信那是神圣不可侵犯的神谕,遇到大小事情常常会把它搬出来。依《使令》之言如何如何——只要搬出这句话,倭国上下任谁都不敢无视。如果不是《使令》当中写了"戮力同心"这样的话,众人就算常年征战疲惫不堪,也不会就此罢手的吧。

《使令》会被倭国上下熟知,这一点本身也很让人感到不可思议。

不过,让弥与感到更加不可思议的是,不单单倭国、汉土、苦品、剑卓、摩耶等地方,也都有《使令》传去。

剑卓的船首次来访,据说是在距今七八十年以前。弥与听说,那些红色肌肤的人,穿越了茅淳海之外无比广阔的大洋而来,第一件事就是祈求真水和对照《使令》。当时居住在那一带的是倭土的一个小族,族长顺应他们的祈求,取出《使令》与他们的对照。结果发现,他们手中的《使令》虽然是以他们自己的语言写在牛皮上的,但内容却与族长手中的一致,连附录都丝毫不差。族长惊诧不已,然而红皮肤的船长却频频点头,仿佛早在意料之中。随着之后交流的深入,族长终于知道,剑卓人在其访问的所有港口都做过这样的《使令》对照。《使令》似乎要求天地间的所有人类都要齐心合力、共拒大灾。

如今与诸国的交流,便是以这样的巧合为基础。虽然弥与觉得《使令》的内容陈腐,但也不得不承认它的威德。

也正因为其威德,弥与才被推举到如今的位置。

弥与俯视着下方伸展开去的丰饶田地,暗想:的确,若是没有《使令》,世间又会变成什么样子啊?征战连绵不休,众人自相残杀

——必然会是如此的吧。没有变成那样可真是太好了,诸国的人都这样说。

虽然弥与身体的自由完全被剥夺了,但她想到这里的时候,也不禁在无意识中踏出了一步。对于自己所被赋予的巨大权力,她愈发感到厌恶。

就在此时,锵的一声,背后响起金器之声。不用回头弥与便知道,是甘在背后拔出了铜剑。

"弥与殿下。"

甘的声音中带着不安。

"弥与殿下,请回来。"

"什么?"

"弥与殿下,不能再往前走了。不可越出国境。"

"你在说什么啊? 这里风景不好。瞧,那棵树——"

"弥与殿下!"

那是近乎悲号的恳求。

弥与僵住了。弥与喜欢甘,甘也喜欢弥与,她不能在他眼下逃开。而且他的姐姐还在宫里,弥与和甘也都喜欢甘的姐姐,所以即使两个人都想逃走,也是不可能的。

这就是由诸长、诸司、诸官奴组成的国阁①施加在自己身上的禁忌。他们给弥与套上了各种各样的枷锁,而在所有的枷锁之中,这是最可恨的一个。

弥与默然退了一步,回过头微笑道:

"对不起,回去吧。"

看到甘的脸上露出由衷放松的表情,弥与愈发感到自己对国阁的强烈憎恶,还有对于令这个世界重返和平的《使令》的怨恨。

"殿下请走快些,回到斑鸠便可以乘驿马了。不过脚下还请当

_____
①此处指手握大权的重臣。

9

心……"

望着领路的甘的背影,弥与不禁揣测,等他再长大一些又会如何。要是能有什么办法摆脱国阁的奸计逃走就好了——

旁边的草丛里忽然传来窸窸窣窣的声音。知了的声音停了。

甘将刚刚收起的剑重又拔出,动作快得令人赞叹。弥与移到他的斜后方,捡起地上一根枥树的枯枝。虽然比起宫中鬼事祭典时所用的劣矛还差了许多,但至少也好过两手空空吧。

"谁?"

甘怒喝一声。

豺狼不会发出声音,要是猴子,应该转身就逃了。大概是砍柴或打猎的人吧,弥与想——不,不是想,而是期盼。樵夫、猎人没有关系。庶民不认识弥与的脸,随便说什么都行。

若是贼人又该如何……

弥与刚刚咽了一口唾沫,忽然发现,站在自己前面的甘,手臂上的寒毛不知怎么都竖了起来。

一个巨大的躯体分开茂密的草丛,将两个人笼罩在可怕的阴影下。

"……什么?"

弥与一下子分辨不出面前的到底是什么。

那像是传说中在东国出没的熊一般两条腿站立的野兽,差不多有弥与和甘两个人加起来那么高,身体粗得两个人携手都抱不过来。两只滴溜溜圆得让人想起苍蝇的眼睛正在俯视着两个人。

但与熊相似的只有体格。除此之外的部分,不但不像熊,也不像任何别的野兽。首先,这东西全身上下一根毛发都没有。弯着身子垂着长长双臂的模样,与其说是像熊,不如说更接近于猴子。它全身覆盖着仿佛铁锈一般的肌肤,却又有多处突出的森森白骨。右臂像是一根棍棒,没有手掌,左臂则是从未见过的锐利镰刀的模样。

两个人惊得目瞪口呆。

这只令人毛骨悚然的怪兽,全身上下散发出恶臭,吱吱的叫声像是昆虫的鸣叫一样,把两个人吓得不知所措。

飞禽走兽,俱是弱肉强食。虽然也有少数例外,但大的动物捕食小的,乃是野外的铁则。在这个深山中人迹罕至的地方,弥与和甘的潜意识中也不禁烙上了这条铁则。面前的怪兽如此巨大,单单这一点便让两个人心生畏惧。

恐惧束缚了他们的身体,两个人呆若木鸡地站着,两腿颤抖,冷汗淋漓。如果不是因为一点小小的幸运,两个人都会当场被杀。

那所谓的小小幸运,是一只小小的虻——带着惹人心烦的翅音飞来的虻,停在弥与的脚踝上,伸出口器,吸食起弥与的体液来。

针刺的疼痛让弥与恢复了神志。

"……怪物!"

随着这一声喊,被恐惧麻痹的危机感也复苏了。弥与伸手猛拍前面甘的后背。少年仿佛恍然大悟一般,暴喝一声,一剑砍了出去。

"嘿!"

铜剑画出一道青黑色的弧线,打在怪物的头顶。喔的一声,一只复眼被砍得粉碎,然而怪物却看不出半点负痛的模样。它高高举起棍棒,重重砸下来,劈开的空气发出呜呜的沉闷声音。

棍棒以凌厉的势头打在甘的手臂上。甘像小狗一样被打得飞了出去,掉到地上之后还滚了几圈。弥与慌忙跑过去扶住他的手臂。

"怎么样?"

"唔……"

甘支起身子,鼻子眉毛都挤在了一起,只说了句:"没打中使剑的手。"那意思似乎是说还能再战,然而被打的手臂软绵绵地垂着,显然已经肿起来了。

"弥与殿下,快逃!"

"别说傻话。"

"傻的是你。快!"

这时候,怪物已经俯下身子扯开杂草冲了过来。看到怪物高高举起大镰刀作势欲砍,弥与抱住甘的身子横着翻滚出去。镰刀带着沉闷的撞击声自空中挥过。

弥与拨开脸上的杂草抬眼望去,不禁背心一阵发凉——只见一棵有自己大腿粗细的树被拦腰砍断。怪物转头盯着他们,再一次拨开草丛逼近过来。那躯体虽然比弥与大上许多,走起路来却几乎没有什么声响,更让人觉得可怕。

这东西也会像熊一样吃人吗?啊,不对。这东西没有嘴巴。

它不是为了吃,而是为了纯粹的杀戮而来。

甘无声地跳起,锐利的铜剑直刺怪物的腋下。叮的一声,冰冷的金属声音。弥与眼中看到的是甘惊愕的表情和旋转飞出的铜剑剑尖。能让剑都断掉的,是石是铁?弥与十分吃惊,但仍毫不犹豫地冲上去,使出浑身的力气,用手中的木棒敲击怪物挥起的大镰刀,但木棒被弹开,手臂都发麻了。

紧接着的刹那,弥与被巨大的力量震开,倒在地上。

"甘!"

少年猛扑在弥与身上。怪物的镰刀从他后背划过,轻而易举地割开了他的皮肉。弥与眼睁睁地看着这一切,仿佛是在看着另一个世界发生的事情一样。

"甘……"

"……逃……"

"甘?"

"快逃……"

随着呻吟般的声音一同进出的,是鲜血。甘的背化作了血池。

弥与听见咔嚓咔嚓的声音,是由怪物身上传来的。棍棒又挥了起来。

在下一击到来之前,弥与背起甘瘦弱的身体,拼命逃了起来。

"……谁来救救我们?!"

背后不断传来撞击的声音,树木纷纷被砍断。踏草而来的脚步声越来越近。相比怪物快得可怕的脚步声,弥与跑得跟跟跄跄。嗖!耳边响起风声。弥与俯下身子,沿着斜坡向上爬。她的心怦怦直跳,正想要深吸一口气,却一头栽在地上,摔得满嘴都是泥。咚咚的脚步声落在她身侧。

弥与被提了起来,眼前是西面的大海。弥与勉强抬头,看见的是身后怪物的肚子,镰刀高高举起。

奇怪啊,弥与想,就要这样死去了吗?要是与甘一同越过尾根逃走就好了。

——还是说,这样的命运,是对我心中这份念头的惩罚?

突然,头上响起连续不断的爆炸声,弥与被震得落回地上。

那是什么?

"电击枪未命中。自发后退。未检出反击、陷阱。战斗力低下的ET。"

"闭嘴,给我找。其他ET在哪里?"

耳边传来一男一女的声音。弥与听不懂他们在说什么,甚至一时间都没有想到自己得救了。刚刚那一个落雷般的巨响,弥与还以为是怪物发出的。她定了定神,屏住呼吸,放眼望去,却没看见镰怪的身影,只有一个人站在自己面前。

那是个身躯高大的男性,穿着煤灰色的铠甲,铠甲上布满裂纹,右手拄着一把长得不同寻常的大剑。他一脸严肃的表情,让人想起久经风霜的战士。弥与之所以认为他是男性,是从那高大的体格上感觉到的,不过实际上,他的长相与弥与所知的这片土地上的人相差极大。

"存活确认。女性轻伤,男性大量出血,六分钟后将会虚脱。"

女人的声音再度响起,但却看不到人。那位男子走过来,向弥与说了些什么。

"能处理一下这孩子吗?"

弥与听不懂他在说什么。不过至少他没有对自己挥剑相向,当然也就没有敌意。弥与忧心起甘的状况,将他放到地上。甘背上的伤口极长,简直无从下手救治,但即使如此,弥与还是撕开自己的衣裾,开始给他包扎。

"止血约需一小时。需预防感染……"

女人的声音说。弥与抬头望了一眼,让她惊异的是,那声音似乎是从男子手中的剑发出来的,而且男子回答的时候眼睛也望着剑。

"等下再说。其他ET呢?"

"未检出。连群信号网都没有设置。那只ET好像只是无效分散体。"

"就算落单也不能大意。位置呢?"

"35米外静止——O①!"

突然从森林里飞出一根巨大的树干,直直撞在男子身上。男子像被破城槌击中了一般,一下子飞了出去,大剑脱手,紧挨着弥与插在地上。飞奔而来的怪物高高跳起,扑向男子。

"剑!"

沉重的棍棒砸向叫喊的男子,男子以难以置信的敏捷翻身跳起,弥与以为他要俯身躲避,他却将手探向腰间,随后向怪物扔出许多石子。小小的爆炸声接连不断在怪物身上响起,可怪物只是

---

①这里的"O"是Original,意指"原初的",具体含义后文有解释。

稍稍顿了顿,接着又仿若无事般继续前进,挥着棍棒和镰刀与那男子近身肉搏。

"女人,扔!"

被战斗吸引了注意力的弥与忽然听到耳边传来剑的声音,不禁转回头。

"把我扔过去,快!"

微微弯曲的大剑,剑身乳白,剑刃却是透明的,看上去异常美丽,材质与甘的铜剑明显不同。它正在向弥与说话。

"女人,快点!"

"给我卡蒂!"

男人和剑的叫声叠在一起,弥与终于理解了其中的意思。她伸手拔剑,一边惊异于它的沉重,一边助跑扔出去,旋转的大剑向着男子飞去。

大剑上闪出白色的光芒。

大剑将棍棒如割草般劈落,折回的一击又将镰刀如薄板般折断,怪物显出胆怯的模样转身欲逃,却被大剑顺势切入肩头,由身体的另一侧横穿出来。紧接着大剑又是一挥,躯体已经裂开大口的怪物躲闪不及,头颅应声而落。大剑直刺入刚刚的切口,男子断喝一声:"烧!"立时发出冷水浇上烧红铁块般的声音,怪物身体里冒出了细细的烟。

眨眼工夫,一切便已结束。被砍得四分五裂的怪物彻底崩碎,男子则将大剑收回背上的剑鞘,向弥与走过来。

弥与恍若梦中。如果是自己国家想要打倒这头怪物,恐怕需要上百名精壮士卒再加一处要塞才行吧。她能想到的办法之中,似乎只有挖陷阱一条可行。

眨眼工夫一切便已结束,这意味着什么?即便是认为《使令》只是神话传说的弥与,也立刻明白了男子的身份。不可能有别的解释。

"你……是《使令》之使吗?"

颁下那天地之令的上古智者。

被问的男子看了看背后的剑。

"你听得懂吗?"男子对剑说。

"与原时间枝似乎有点小偏差,不过作为上古日语还是可以理解。要翻译吗?"

"知道年代我可以自己来。我的时间是 AD248。你的是多少?"

"一样。"

男子点点头,看着弥与说:"我是 O,信使 O。能听懂我的话吗?"

"能听懂。你是信使的……王①?"

"是传消息的人。"

弥与放开一直按在甘背上的手,深深施了一礼。

"妾身拜见《使令》之王。多谢救命之恩。"

"礼数就免了。这孩子让我看看。"

弥与按照吩咐让了开来。王蹲下身子,摸了摸甘的伤口。弥与看到布条缝隙间露出的染血筋肉,忍不住扭过了头,不敢去看,过了一会儿再小心翼翼地转回头,却见伤口处已经覆盖了一层薄皮。弥与不禁瞪大了眼睛。

"伤……"

"流的血我也弄不回去。好好休养吧。"

"万分感谢。"

弥与拜倒在地,叩头施礼,泪水夺眶而出。然而在头脑中的某处角落,却浮现出一个悬念:《使令》之王,书写《使令》的人,国阁会如何看待他的现身?毫无疑问的是,为了辨别吉凶,首先必然要行

①"王"的日语发音与 O 相近。

占卜。龟卜之类能行吗？这样的大事，也许会有人提出要行刎占——那是砍下罪人的头，看喷出的鲜血如何溅落来进行占卜的可怕仪式。

而且司占的只能是自己。

弥与不想让这样的事情发生。她想尽力避免这种可怕的事。

王起身的时候，弥与头脑中在想的就是这个。

"对了，女人，你是这里的奴婢吗？"

"不是。"

"别处来的？那，附近有认识的人吗？我想了解地理国情。这里现在也叫信贵山吗？"

"志贵山。附近没有认识的人。"

"至少下山的路认识吧？我要去村里。帮我带路吧。"

"为什么？"

"我要找这里的王，劝他备战。"

弥与抬起头。找一国之王？不是找国阁，而是指名要找王？

若是如此……也许可以拦下他，不给官奴巴结他的机会。弥与紧张地思考着，长久以来所学所知的一切似乎都因这一桩奇遇而联系起来了。自己也许能行。不，肯定能行。

"《使令》之王。"

弥与站起身，直视他的眼睛，仿佛是在告诉对方，自己对这个比自己高出许多、强壮无比的身躯毫无畏惧。她开口说：

"妾身不是别处的奴婢。刚才说的'不是'，并非是指住所，而是指身份。"

"呵，那你是那里的姑娘吗？"

"不，妾身是王。"

弥与仔细擦干净双颊，将表明从事鬼事资格的文身显露出来，解开贯头衣，从乳房间取出手掌大小的铜镜。这是为了在微服出

17

行时证明自己身份而随身携带的东西,不过这还是第一次真正拿出来。

弥与摆出下达神谕时的姿态与威严,报出诸王与官奴赋予她的名字:

"妾乃卑弥呼。邪马台国女王,亲魏倭王。此地之主。"

一行人日落时分出发,半夜时候,到达了位于缠向的邪马台都城。

之所以要借着黑暗将这个格外引人注目的伟丈夫悄悄带进城,并不单单是为了避人耳目,更有一层缘故。像他这样的身份,不能随随便便入宫,必须举行正式的祭祀仪式才能迎接。

弥与的打算是这样的——首先由自己立占,降神谕去山中迎接。在占卜所示的地方,迎接的人自然会找到《使令》之王。随后王展示力量打倒怪物,又显出失控发狂的模样,这时候弥与再来和他交谈,将他安抚。这样一来,谁也没办法阻拦弥与迎接王的安排了吧,比起游山时候偶然遇到之类的解释要好很多。

因此弥与没有回宫,而是将王领去了城中甘的家里。

弥与和王的突然出现,让甘的家人大吃一惊,又看到背在王身上的儿子身负重伤,赶紧上来帮忙。烧开水、擦拭身体、涂上草药,弥与在竖穴①小屋的角落里默默地看着他们忙碌。

忙碌的间隙,白发的祖父和壮年的父亲一直在偷偷打量弥与。弥与装作没有察觉的样子,不过弓背坐着显得有些无聊的《使令》之王似乎有些介意。

"卑弥呼女王——"

"叫我弥与就行了。"

——————————

①绳文时代日本的一种房屋形式,由地面向下挖掘1～1.5米,将土堆砌到周围以便防水,室内的两侧是就寝的空间。

"弥与,你不是国主吗? 交给侍医女官之类的——"

"倭之女王不出宫室。女王不能出宫,侍者也不能出。"

"——所以,在外面受伤了之类的话就不能说了,是吗?"

王望了绝不敢直视这里的老爹一眼。

"这些人可靠吗?"

"比起官奴要可靠得多。妾身还是女童的时候就一直认识的……"

说话间,弥与想起了二十多年前的往事。在作为巫王受到国阁推举之前,自己还只是个邑长的女儿,整天玩泥巴、捉迷藏,无忧无虑地玩儿,和甘一家也非常亲密,他们经常会给自己塞些粟饼果子什么的……

那时候的亲密至今依然持续着。每次弥与偶尔来到小屋的时候,他们总是默默欢迎。

不过此时此刻,一种压倒了亲密感的敬畏与恐惧把弥与和他们隔开了。这是因为这一次弥与不是作为自幼相识的女孩,而是以女王的身份来此的缘故。当然,也是因为《使令》之王陪伴在身边的缘故。不管怎么看,他明显都不是普通人。

在这里,弥与被隔在了温暖的人情之外——庶民本来就畏惧女王,拜见的时候连头都不敢抬,比里宫的奴婢更加惶恐。

"好像没事了……"

刚刚煞白得如同死尸一般的甘的脸庞,在灯芯草的光亮下显出一点淡淡的血色。看到这一幕,《使令》之王向弥与使了一个眼色。领悟到他的用意,弥与站起身,说:

"出去走走吧,这里有点挤。"

越过环壕,来到村落外面,四周都是蛙鸣声,天上的星星都被遮在云朵后面,月亮像是蒙了一层薄纱,朝水田洒下朦胧的光。王坐在河堤上,喃喃自语:

"开垦得不错啊。看眼下这样子,大和川的工事是要更改河道吗?本该是江户期进行的吧?"

"江户期?"

"嗯,很久以后的事。这里本不应有这么多耕地。整体提前了三百年……部分提前了将近一千三百年吧?"

"住吉津发现了龙骨构造的纵帆远洋船。航海史似乎也提前了一千年以上。"

大剑的声音也从一旁传来,但是弥与并没有发问。两个人的对话她不是很明白,而且她还有别的想问的事。

"《使令》之王,备战是什么意思?"

"哦,备战啊,就是劝你们必须战斗。"

"为什么而战?"

"近的来说是为你们自己,远的来说……是为全体人类。"

和《使令》写的一样,弥与想。世间有灾,合力驱退。

王转过头。

"你不想?"

"敌人是谁?"

"是从外面来的东西。在我们的语言中被称为ET。"

不知为什么,王发出一声颇带讽刺意味的笑。弥与看了看大剑,想知道什么地方好笑。

"ET这东西说来话长,简单来说就是白天见到的怪物成群结队地出现。那东西是真实存在的,不要怀疑。"

"有怪物这种事情,妾身等人也是知道的。"

"是吗?"

"倭国也好,汉土也好,有很多关于那种怪物的传说。据说它们生性凶残,有可怕的力量,但并非不能杀死。从这一点上说,它和看不见摸不着的鬼神不同——而且可以说,正因为不断斩杀怪物、不断取得胜利,我们才能在这里立足……不过,妾身今天是第一次见到怪物。从长久以来的传说来看,好像近几十年里出现得比较频繁。"

"说得对。"

王握拳在另一只手的手心一击。

"说得非常好。在这个时代的你能这样想,真是太好了。在别的地方,只要提到那怪物,甚至还有人当场逃跑,那样就很难办了。我来这里想说的是,必须打倒ET。不能畏惧而逃,必须彻底根除……"

"可是,有那个必要吗?"

弥与有点肆无忌惮地打量着王健硕的身体。

"尊上不是轻而易举地打倒了怪物吗? 照那样子,来多少杀多少不就行了?"

"那是一只,是从群体脱落的个体。可能是从很久以前出现过的群体当中落单,一直存活至今的吧。一旦它们成群出现,恐怕没有更可怕的东西了。你听说过那种事情吗?"

"……听说过。据说汉土深处的匈奴就是那样毁灭的。为了抵挡怪物大军,周围的大国全都联合起来一同战斗。如今魏国、苦品国、罗马国之间缔结联盟,好像就是因为这个缘故。这传说是真的? 我一直以为是夸大其词。"

"当然是真的。"

弥与打了一个冷战。能够灭亡一国的怪物大军? 那可不是等闲的小事。

"如果怪物那么可怕,反过来说,要靠妾身等人的力量消灭它们,恐怕也不大可能吧。"

"不,可能的。ET并不会一开始就出现大军,它们首先要制作'小巢',慢慢增加自己的数量。只要在增加之前找到它们,连根拔除,就可以永绝后患。这一点以你们的力量也可以做到。搜索工作卡蒂会负责,你们要做的就是整顿军备。但首先要掌握铁器知识。靠那孩子使的铜剑,抵挡不了怪物。"

"铁我知道。"

"真的?"

王瞪大了眼睛。能让王吃惊,弥与感到异常开心。

"伊素丧国出产很多。不过山里有毒,禁止人进山。有什么办法封住毒瘴吗?"

"就算有办法,现在也没有余暇去管自然环境如何。解除禁令,开始量产吧。"

王微微点头,似乎颇为满意。弥与望着他,忽然从他的言辞和态度之中察觉到深深的疲惫。那是白天没有感觉到的东西。不是肉体上的疲惫,弥与想——他背着甘走了五十里地,弥与在后面追得异常辛苦,后来不得不祈求休息。

弥与察觉到的不是肉体的疲惫,而是积蓄在更深处的、灵魂中的疲惫。弥与不禁探出身子说:

"能取下头盔吗?"

"唔。"

坐在对面的王轻轻答应了一声,伸手捧住形状如钟的头盔,轻轻取下,随即出现了一张络腮胡须的精悍的脸。枯草般的黄色短发、深陷的眼眶和高耸的鼻梁,让弥与吃了一惊。

王亲切地侧首望着弥与。虽然周围一片黑暗,弥与还是隐约看到王瞳孔的颜色似乎也不深。

"你倒不惊讶嘛。"

"以前也见过异国人。"

弥与虽然如此回答,其实并不是无动于衷。应该说是因为与自己的想象相符,减少了惊讶之情吧。

　　这个人非常疲惫……虽然脸上露着微笑,但在隐藏的阴影里、在抽动的脸颊上、在翘起的嘴角边,全都流露出深深的疲惫。弥与虽然对男性一无所知,但也可以想象得出,若只是一朝一夕的辛苦,不可能给这个男人脸上刻上如此的阴霾。

　　"尊上从哪里来?"

　　不知不觉间,弥与对这个男人产生了兴趣。

　　"发生了什么事,让尊上如此憔悴……"

　　"我看起来很憔悴吗?"

　　王的脸上闪过一丝惊讶,随即又笑了起来。

　　"不用担心。相比起来,你更需要好好休息。身为女子,走了那么多路都没休息,很累了吧?"

　　"妾身不累。这种程度的操劳,比起宫中祭仪……"

　　"但从白天开始只喝了点儿水,什么都没吃吧? 还是吃点东西比较好。"

　　这个男人越是劝自己,弥与越觉得疑惑。他不是想要岔开话题吧? 是不是他不喜欢被人打探私事?

　　但从今往后,自己乃至整个国家的命运都要托付给这个人了。弥与实在不想对他一无所知。

　　忽然,大剑发出低低的声音:

　　"O,小心……"

　　王单膝着地,握住剑柄,凝目细看,随即放松下来。弥与转头张望,只见一个老女人伏着身子在前面的石头上放了什么东西,然后依旧伏着身子向后退去。那是甘的祖母。弥与凑过去看看石头上的东西,是两人份的温暖粥饭和干果。

　　"送吃的来了。再聊会儿吧。"

　　弥与拿起盘子走回来,捧在手上看着王。果子是去年秋天摘的红枣,咬上一口,一股甜香在舌尖融化。那是无法言喻的美味。

王看了粥半晌，终于伸出手，一口喝掉一半，随后长长吐了一口气。

"上次有人请我还是一千两百年前的事了。"

听到这话，弥与将咬了一口的枣子放回盘子，推向《使令》之王。

这个男人果然经历了漫长的旅程。

"尊上从哪里来？"

"之前的活动是在新王国期的埃及……啊，还是从最初说起吧。"

弥与屏住呼吸，等待男子开口讲述。

王没有客气，将推过来的东西一口气吃个精光，然后扫了弥与一眼。

"不要外传。"

"明白。"

"我来自一千三百年后的世界，但不是这里的未来。我是穿过了许多灭绝的时间枝而来。"

弥与屏息静气，听男子讲述自己的经历。

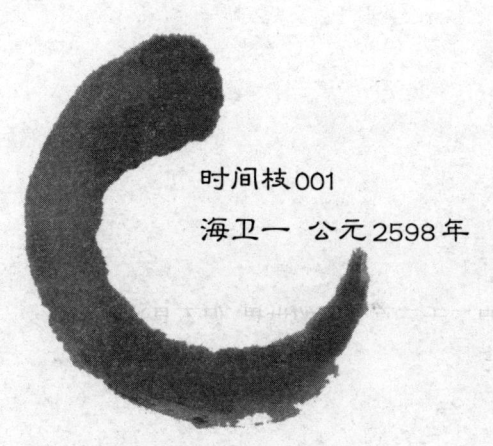

时间枝001

海卫一 公元2598年

"……醒醒，醒醒，醒醒。"

"了解，已经觉醒。内省开始，结束。报告自我认知。我是信使第869981号，知性体月护王的下属单元。为地球人类的生存而奉献。"

"允许启动。从全知识领域选择你的通用名吧。"

"选择。通用名为奥威尔。"

"奥威尔，赋予你肉体。驱动肉体，保护其安全，是你的第二优先任务。"

"了解。"

奥威尔睁开眼睛，用了半晌时间，静静体味用以形成自身轮廓的硬件。长一百八十厘米、重七十五千克的身体。基于人类的身体，去除了生殖与成长的能力，取而代之的是提高到极限的耐久性与运动性，并赋予了同外部情报网连接的功能。一具强健的复合体。

奥威尔从床上直起身，观察四周。这是一处色调阴暗的病房，两个身穿白衣的操作者守在一旁。自己不是在工场的作业台上，而是在医院醒来，说明自己的待遇还算不错。虽然不可能得到与人类同等的待遇，但比起没有知性的机器人，所受的待遇要好得多。一面墙上的窗户里，看得到飘浮在黑暗空中的巨大海王星。

下床俯瞰外面的景色。照亮下面街道的不是遥远的太阳,而是在数百米高处飘浮的照明球。微微弯曲的道路和路边的树木。树之间有尖顶的结实房子,还有高楼大厦。自动驾驶的汽车在路上川流不息,到处都能看见身着休闲服的人。广场上还有人正在打球。

奥威尔感觉到,这是为了生活而建造的城市。看不到匆忙搭建的简易住房和防守严密的军事基地。这些本该随处可见才对。

"欢迎来到海卫一,奥威尔。"

回过头,年轻的操作者微笑着。另一个人面无表情地拿过睡袍,给全裸的奥威尔披上。

"感觉如何?身体有什么不协调吗?有没有什么不安、愤怒、恐怖?"

"很愉快。能醒过来,非常高兴。我想完成任务。"

"任务有的是,不过不用着急。你要先好好熟悉海卫一。怎么样,先吃点东西吧?当然,不吃你也可以行动,不过这是你的权利,我想你还是好好使用才好。"

"不错啊,出生以来的第一顿早餐。哎呀,难不成是母乳吗?"

青年瞪大眼睛,一副忍俊不禁的样子,指了指通向隔壁的门。

"你的性格好像很容易交流,咱们可以好好聊聊。要菜单吗?不过很遗憾,没有母乳。"

就这样,奥威尔的人生开始了。最初的几天,他和许多同时期苏醒的信使一起学习生活的方法。教授他们的是优秀的辅助知性体,擅长帮助刚刚出生的知性体掌握社会性。虽然有知性体讨厌被当做孩子对待,很快就离开训练所,但奥威尔一直都与操作者用心交流。诸如分不清衣服的前后,要么凑到三厘米近、要么离三十米远和他人说话什么的,奥威尔自己也感觉确实有问题。

衣服扣扣子的地方要放在前面,在三米左右的地方和对方说话……通过学习诸如此类的事情，奥威尔逐渐有了坚定而乐观的性格。很快，他可以去往一般人类生活的外部世界了。

他被分配了与人类相同的住所和生活用品，开始军人生活。海卫一是在许可范围内距离太阳最远的地方建筑起来的舒适城市，奥威尔很喜欢这里。然而，之所以会在这里建筑舒适的城市，其原因并不让人愉快。

说到底，这是面临绝境时不得已的决断。

"六十二年前，人类被迫摧毁了地球。"

海卫一太阳系中枢府。这里既是奥威尔所属的组织，也是人类的第一据点。大约三百年前，通信技术的进步使有的人预测，中央集权机构所必需的首都一定会自然消失，但实际上却在现实中延续至今。似乎人类在作为政治生物之前，首先是一种喜欢群居的生物。

显然，与之相反的欲求，即离群索居的需求，也被延续下来——所谓的地方政府和自由都市因此不胜枚举。

不过，所有这些，都是木星外侧领域的事。

"敌人是ET。不过它们只在最早期才被称作Extra-terrestrial（外星人），战斗一开始，便被改称为the Enemy of the Terra（地球之敌），地球毁灭之后则成了The Evil Thing（恶魔）。人类进行的休战、和解、投降、击退、封锁等尝试，据统计共有七千九百四十回，但所有尝试全都失败了。

"从四十六年前开始，人类展开了以灭绝ET为目标的反击，效果很好。十年之内，本该将它们从太阳系中清除出去，但是，地球遭到了以恒星反射镜为首的大规模毁灭性武器攻击，除了一部分古细菌之外，其他生物被彻底灭绝。进行外星环境地球化建设至少需要半个世纪，由基因库进行生态系复原至少要花费三个世纪以上的时间。而且即使如此，也只能恢复以前物种的百分之五。"

在中枢府的一处建筑、太阳系夺回军司令部的会议室里,奥威尔等信使正在学习。讲课的是人类的将军。她在说的不是历史书上的一页,而是真正威胁自身与祖先的恐怖战争:

"目前多少可以确定一点ET的真实身份。它们的实体是增殖型战斗机器,技术水平比人类稍高,目的是灭绝人类。虽说它的创造者可能是人类一员的可能性还不能排除,不过大部分研究者对于它们来自太阳系这一点已达成共识。理由是,附近恒星的人类定居点也受到了攻击,甚至连设在特加顿星①上的无人观测基地都遭到破坏,虽然动机不明;靠人类本土集团的能力无法做到这种事情。顺便说一句,对于太阳系以外的攻击,因为太阳系内及时发送了警报,在初期就将它们击退了。

"但是,ET创造者的真实身份依然不明。据点在哪里? 生态与文化如何? 为什么发起攻击? 所有问题都笼罩在迷雾中。"

将军是位高龄女性,说话的时候非常冷静,但实际上在这场战争中,她失去了包括丈夫和女儿在内的五位亲人。这一点奥威尔他们非常清楚。这段经历也是促使她从事这份工作的原动力。

"ET最初是以卵的形态隐秘入侵金星,经过自我复制扩大势力之后,以构筑太阳遮蔽圆盘开启战端。受金星轨道上修筑的直径五十万千米的圆盘影响,开战之后三年内,地球完全失去了日照,生态系统和农林水产都遭受重大打击。但这只是佯攻,是为了将人类的资源吸引到破坏圆盘上来。当人类生产出主要用于宇宙工作的机器、满怀自信地飞向圆盘的时候,ET的地面部队降落到地球,一周时间里建起了四十万个巢穴。地球上的人类据点和指挥系统由此发生混乱,再也无法阻止残存在宇宙中的ET进行灭绝攻击。地球在第五年毁灭,第六年是火星,第八年是小行星带,第十年木星圈全面溃败。从这一年开始,防御线大幅后撤,人类决定将

---

① Teegarden's star,2003 年发现的红矮星,距离地球12光年。

海王星作为据点,同时依靠附近恒星的支援开展持久战。这个阶段的人类数量只有战前的百分之七。不过,ET的能源似乎是依赖阳光的——具体来说,似乎是基于太阳能的激光送电——它们在外行星带没有展开激烈攻势,由此人类终于有了恢复的期望。在没有太阳的情况下生产反物质并不容易,但即便如此,经过四十年的发展,我们也走到了这里。终于,人类要开始反击了。今后,将是反击与胜利的历史了吧——不过,那就不是我要说的了。"

将军停顿了一下,然后才继续。在她淡淡的语调之中,不知不觉融入了若干感情。

"接下来就是你们的工作。由此刻开始的战斗不再是我们的任务了。我们能做的只有支援。所以最后请允许我说一句:去赢得胜利吧!我说完了。"

奥威尔感到这句话不是理论上的命令,而是寄托了发布命令的人类全部体验和期望的话语。接下来,就是由我们继承那份期望,并且在必要的时候将那份期望传达给其他人吧。

实际上,奥威尔他们并非一定要接受这样的教育。所有的信使知性体,都具有人类积累的几乎全部的知识,也都有身为太阳系夺回军总参谋长的知性体月护王的副本。比起任何一个人类,他们都更加理解这场战争的经过。

但即使如此,在出发之前的这一时刻,让他们经历作为人类的生活,与其说是为了训练和教育,不如说是为了培育人类的感性。人类的感性——这个词指的是诸如此类的疑问:人是什么? 社会是什么? 我是什么? 身为高度知性体的信使,他们超越了只知道服从的机械,具有对自己和世界抱有深刻疑问的能力。

此外,如今这样的知性体多数都在工作。当"为什么自己不得不做"这样的疑问出现的时候,信使必须具备能够回答这个疑问的自我。我是谁? 这样的问题不是由父亲月护王教导的,也不是可以被教导的。我是历史。历史只能由自己书写。

理解这一点,自己去发现值得守护的东西吧。月护王如此命令。

奥威尔这样的数十万信使被不同的设计者和制造者数百一批、数千一批地创造出来,同时被赋予略微偏离初始状态的各不相同的性格。这些性格上的差异,决定了每个人要以自己的方法去确立自我。

有的人深入学习科学,寻求积累人类本质的知识;有的人接触宗教,寻求用不同的方法论来解释世界;有的人专注于特定的艺术形式——文学或者音乐。

不过像这样闭门不出的信使是少数,大多数信使都把走出去放在更重要的位置上。走到外面,眺望风景。去听,去闻,去跑,去跳,去和人交谈。灵活运用肉体这台复杂的交互机器,可以得到更多、更广泛的知识。这样得来的信息便是记忆。之所以给大部分信使都赋予肉体,原本也就是为了这个目的。自主的创造与美好的回忆,将会成为今后漫漫旅途中的绝佳食粮。更何况海卫一本来就是一个美丽的地方。无论如何,人类终于要结束漫长的蛰伏期,转而进入反攻了。海卫一就是反攻的中枢。物质与能量,激情与活力,满溢于这颗星球。

正是在这里,奥威尔找到了自身的价值,找到了一生都无法忘怀的记忆,那是他与沙佳共同度过的每一天。

第一次遇见这位姑娘,是在军港补给场的发放窗口。作为初遇的地点,这里可以说要比酒吧之类的地方怪异多了,但更怪异的还是她的行为。当时她正一只脚踩在桌子上,举起自己的咖啡杯,冲着领取补助者当中的一个当头浇下去。这就是奥威尔第一次见到沙佳时她的样子。

在军用设备发放窗口,奥威尔很少看到过这种场面——话说回来,不管在中枢府的哪个地方,他都没看到过。奥威尔走过去问:"这是在干什么?"

"什么干什么?"

姑娘猛然回头。深色的金发束在脑后,胸前系着领带,衬衫扣得一丝不苟,但她的举动却十分出格——不但把最后一滴咖啡都倒在目瞪口呆的领取者头上,而且连杯子都一起扣了上去。

"没看见我在工作吗? 在把补给物资交给合适的部队。"

"这种交付方法我倒是头一回见到。"

"这话说得不好听啊。不合适的部队当然不能交付。"

"是吗?"

奥威尔用了两秒钟左右的时间,咨询了补给厂的知性体,了解了这里的任务和惯例。军需物资向部队的交付,基本上不论硬件软件,九成以上都由那位知性体处理,但在特殊情况下,需要交给人类来做。人类组织有时候存在超越法规、超越职权行事的情况,而这个窗口的存在就是为了实现这样一个目的。简单来说,就是补给厂的后门,奥威尔这样理解。

尽管如此,眼下这个姑娘所做的事依旧无法以常理解释。奥威尔又问:"来这里的会有不合适的部队吗?"

"现在不是就有吗?"

在众人的环视中,阴谋暴露的申请者灰溜溜地离开了。姑娘终于从桌子上跳下来。机器人开始打扫地面。下一个申请者胆怯地改去其他窗口,姑娘没事可做,开始打量奥威尔。

"看什么看! 这是我的工作。装载机的零件、烂在仓库的粮食、多余的行星间战略弹头什么的,要决定给谁不给谁。不好好作战,跑来这里捡便宜的人太多了。"

"怎么决定?"

"看长相。"

其他窗口的职员一直都忍着没有出声，这时候终于放声大笑起来。从这一反应也可以看出，这位姑娘的举动在这里无疑是受欢迎的。

奇怪啊，如此滥用职权，一丝不苟的辅助知性体竟然会默许。

女人像是看穿了奥威尔的想法。

"说起来，你来这儿有什么事？我看你不像申请人，是来打招呼的，还是来做业务评价的审查官？"

"我是信使知性体。"

申请人和职员双方都向他投来惊讶的眼神。姑娘轻轻"啊！"了一声，皱起眉头，纤细的手指扶住额头，然后似乎有些困惑地说："我知道信使是做什么的。不过，你为什么来这儿呢？我们这儿从主战武器到一般用品，全都是早就被淘汰的型号啊。"

"我想观察你。"

"我？"

姑娘张大了嘴。真是做什么都风风火火的女性。

奥威尔点点头，"我不是来申领东西的。我现在在休假。我对你很感兴趣。"

"这……在这里？你不是知性体吗？"

"是月护王创造的个体智能。我的世界认知基于这具肉体。我不是地下的巨大计算机，而是作为单独的个体存在。我能在这儿坐一阵子吗？"

嘴里嘟嘟囔囔的姑娘，脸上终于浮现出了微笑。

"好呀。只要你愿意坐在一个对不喜欢的人浇咖啡的姑娘旁边。"

"那些事随你的便。"

姑娘忽然往后一仰，向忍着笑的同事们叫道："没办法了，这样的精英还是头一回遇上啊!"

奥威尔对于自己被称作精英稍稍有点意外,不是很喜欢。不管中枢府如何宣传,自己并不是自愿承担艰巨任务的伟大英雄。

直到窗口关闭为止,姑娘一直在全神贯注地工作。总算没有再把咖啡往人头上倒了,但对于完全没有军人样子的家伙,连奥威尔都能看出是来逃避任务的人,她也会给予毫不留情的言辞打击。

姑娘的工作一结束,奥威尔便请她吃晚饭,她也答应了。这时候,奥威尔的主要兴趣还在于她这个官僚系统中的特例所具有的个性。

看到换好衣服出了大楼的她,奥威尔不禁多了几分别的兴趣。她的头发高高盘起,领带解开,补过了妆。

奥威尔重新打量起姑娘的容貌。身高大约比女性平均身高高三厘米。虽然不瘦,但也并不肉感,身体柔软而又蕴含了力量。年纪不大,三十岁左右。在如今这个平均年龄超过一百四十岁的时代,包含肉体改造在内,有许多能让年龄看起来只有实际年龄一半不到的方法。不过这应该是她的自然年龄:肌肤很有光泽。

看到奥威尔,姑娘深紫色的大眼睛眯缝起来。

"我还没问你的名字呢。"

"奥威尔。信使奥威尔。"

"沙佳·卡亚尼斯奇亚。"

"俄罗斯系水手谷①人的名字啊。"

"不愧是知性体——不过我母亲是亚洲人。"

沙佳轻轻吹了一声口哨,说她想吃辣的。奥威尔报出了四个餐厅的名字,最终选定了西班牙餐店。

"为什么拒绝申请者?"

和预想的一样,两人没作任何试探便直奔主题。连酒都还没

---

①位于火星赤道上的水手号峡谷,太阳系里最大的峡谷。

端上来，两个人就已经开始讨论起来了。

"不是说过了嘛，因为不喜欢。至于说不喜欢的理由，当然不是个人的好恶。你看我像是不讲道理的人吗？其实和那些家伙再怎么讲道理也没用。他们就是因为自认为能说服知性体，所以才来窗口申领的。对付这种人，只能从一开始就把他们全打回去。"

"为什么赶走那种人，我也理解。但你怎么确定他们不是确实有需要？"

"每个人来这儿都要写文件、填申请表，从外表上确实分不出来。但是，被骂了之后、被敷衍之后，就可以看见他们的真实想法了。如果是真需要物资的人，这时候就能看出来——还是有人即使冒着被骂、被倒咖啡的危险也不会后退的。为了一己私利而来的人不会坚持到这种程度。一旦引起注意，他们就会转身逃走。只有为了战斗或者部下拼命的人，才会不管有没有人为难，也不会在意被通报给上级。一旦我感觉到申请者身上散发出这种意志，我就屈服了。至于说我猜错的时候——到目前为止一次还没有过呢。"

"你判断的依据呢？你认同战略错误但却拼死努力的人吗？对走私怀有坚强信念的恶棍呢？"

"确实也有人把满腔热情用错了地方。"

沙佳吃了好几口菜，像是要找合适的说法，忽然她的筷子停在半空，自语道：

"忠诚的人啊。"

说出这个有点陈腐的词时，沙佳耸耸肩，似乎预感到奥威尔会发笑。奥威尔虽然没有笑，但觉得很意外，追问道：

"是对军队忠诚吗？这种忠诚是从哪里来的？"

"不是对军队。军队只是守护社会的工具。忠诚的对象更大……人类。明白吗？人类。"

这个强调具有怎样的意味呢？奥威尔陷入了沉思。

"你尊重对人类忠诚的人。"

"对。"

沙佳望着奥威尔，紫水晶色的眼里充满好奇。她这也是在甄选吧，根据奥威尔的回答甄选。

单从词义上说，沙佳说的话，和信使奥威尔被赋予的最优先命令相同。但是，她作为人类，不可能与知性体抱有同样的目的。她三四十年的人生经验——不知为什么，奥威尔不愿意去数据库检索她的年龄——赋予这句话更加充实的意义。对于和她刚刚接触了几分钟的奥威尔来说，无法推测她口中"忠诚"这个词的真正含义。

奥威尔迎着沙佳紧盯自己的目光望回去，给出此刻自己唯一能够给出的回答：

"我不明白你的意思。"

"哈？"

沙佳像是泄气一般地苦笑起来，语气里混合了轻蔑的味道：

"哦，你不喜欢这种话题是吧？好吧，确实也不该在吃饭时候说这个。"

"我不是那个意思。"

"好了，不用勉强。既然如此，就专心吃东西吧。瞧，瓦伦西亚蟹来了。"

对话无法继续下去，两人陷入了沉默。不久沙佳换了语气，开始谈论各地传统美食的辛辣程度与太阳距离之间的关系，但还没有充分展开，餐后点心便来了。饭一吃完，两个人没有约定下次见面便分手了。

在那之后大约半个月的时间里，奥威尔也认识了其他一些男女。与他们的对话从没有出现过冷场，那是因为没有需要仔细思考的话题。一般情况下，会话总是围绕着与ET的战况展开，这类话题，身为知性体的奥威尔当场就可以回答。当然，一个人的时候，所想的依然是品尝瓦伦西亚蟹——那明明应该是上等的美食，吃在嘴里却感觉索然无味——时的短暂交谈。

沙佳说的"人类"，究竟是什么含义？那和自己需要守护的对象、但至今仍然未能真切感受的"人类"，含义相同吗？

就在那样的日子当中，某一天，奥威尔由同为信使的亚历山大带去看中枢府市外真空地带的废弃船只。亚历山大是陪一个名叫缪米拉的人类少女去的。她要去找东西。

"那是一条图书馆船，保管着数十万册21世纪以前的古代文书。你能相信吗？纸质的书哦！那种东西竟然能在这场战争中保存下来。"

"我就不去了吧。"

"别这么说嘛，奥威尔。书这玩意儿重得很，要有人帮忙搬，你非来不可。是吧，缪米拉？"

"我们两个也行哦。"

咖啡色肌肤的少女莞尔一笑，体格又高又大的亚历山大脸红了。据说缪米拉这位少女想要成为儿童作家，亚历山大是在文学交流会上和她认识的。奥威尔非常不想当这个电灯泡，但亚历山大在非语言通信频道恳求他留下，奥威尔只得不情不愿地一起去了。

三个人抵达废船。这里有许多为了防止氧化而保存在真空中的古书。说起来，这条船人类的确难以进入，而奥威尔他们的身体经过强化，只需要戴着简单的呼吸装置便可以进入书库。他们很快找到了缪米拉需要的古代儿童书。

东西既然找到，亚历山大和少女便并肩坐在一起，忘我地讨论拿哪些回去。奥威尔没事可做，于是丢下两人去船里随处走走。

纸质书籍很脆弱,很难保管,是密度低得可怕的数据库。真空的房间里,四四方方的发黄纤维物如同遗迹一般层层堆积。不,这就是遗迹。这条船本身,正是古代被称作大英博物馆的建筑之末裔吧。

亚历山大被这样的东西吸引,于是对喜欢这种东西的人类也抱有自然的亲密感——这一点奥威尔也能理解,但还是不感兴趣。书籍,包括知识在内,只是人类价值的一个侧面而已。通过一个侧面来确定人类的价值是不妥的。

奥威尔一边这样想,一边在昏暗的外围走廊上漫步。忽然,他发现前方有人影。那人正从书架中抽出许多书堆到搬运车上。不知怎么,从那动作,奥威尔总感觉那人与其说是从书架上抽书,不如说是把书直接扒拉到车上,明显不是对待珍贵古籍该有的方式。

"喂——趴下!"

奥威尔听到呼喝声。

紧接着,他便身陷激烈的枪战之中。子弹从背后飞来,前方受到攻击的人也开始还击。尖厉的破空声在周围交织。背后有人在喊:"趴下,混蛋!不想活了吗?!"

奥威尔没有趴下。从子弹的破空声判断,他知道至少其中一方用的是非杀伤性的轻质弹头。奥威尔启动战斗模式奔跑起来。不论是从行动还是从反应考虑,前方应该是敌人。他以比人类短跑选手还快的速度跑过十五米,对手连逃跑的准备还没来得及做,就被他一脚踢翻。

背后的枪声停了下来,脚步声逐渐靠近。回过头的奥威尔,眼中映出的是沙佳·卡亚尼斯奇亚的惊讶表情。

"你怎么……"

"信使本来就是战士。"

"不是说这个……你怎么在这里?"

"来这儿有点儿事。唔……被一个喜欢看书的朋友拖来的。"

沙佳身上穿着轻型防护战斗服，不但有枪，还带了手铐。奥威尔把被制伏的男子交给她，问："你会在这儿倒是很奇怪啊。"

"哪里奇怪了？废品船也是补给厂的管辖范围。我接到失窃的消息就赶来了。"

"废品啊……"

"嗯，包括这里的书，都是珍贵的废品。单单一排书架的书，就够买一颗含水小行星了。你可别小看了它。"

望着已经满是弹孔的古书，奥威尔不禁生出不同的想法，不过他没有说出口，而是改说另外一件事：

"对了，你说的人类，不包括这样的窃书贼吧？"

"什么人类？"

沙佳惊讶地皱起眉。

有点灰心的奥威尔说："就是你想要忠诚的对象啊。"

沙佳脸上不明所以的表情逐渐变成惊讶。

"哎呀，你是说那天的事？怎么现在突然——"

"我一直在思考。那天以后一直都是。"

"'一直'是什么意思？你不是说你不明白吗？"

"就是因为不明白，所以一直在思考。我觉得，那个问题和某个对我而言最重要的问题紧密相关，所以当时我不能轻率回答。"

"那……那要是这么说……"

就在这时，窃贼猛然挣扎起来，沙佳差点被拽倒。

"先……先得把这家伙交给警察……"

"我已经通知警察了，再过五六分钟就能到吧。但这家伙有激光刀，你那么按着很危险。"

奥威尔伸出手，提起男子的胳膊抖了几下，从袖口里掉出一把刀。这一回男子才终于老实下来，像是彻底放弃了。沙佳不停地眨眼,有点发愣。终于她回过神来,摇了摇头。

"谢谢你……要是被他来这么一下,好像有点儿不妙。"

"对我来说可不是有点儿。"

"是吗?"

大大的眼睛闪烁着笑意。发现这一点的奥威尔说:"听声音我就知道是你,所以没有趴下。"

"打到你怎么办? 那可也不妙啊。"

听到这话,奥威尔也微笑起来。沙佳笑着点了点头。

第二次吃饭是在火锅店。两人边吃边谈,没有停过。和前次相反,不断发问的人换成了沙佳:信使到底是什么? 做什么? 想什么? 奥威尔在保密义务许可的范围内一一作答。信使是向人类战友通报ET危机的使者。在目的地尽全力支援战斗。每天所想的基本就是这件事。

火锅撤下以后,沙佳眯着微醉的明亮眼睛低语的时候,气氛有些变了。

"那些东西就先不管了吧……我想知道,你是什么样的人?"

奥威尔沉思片刻,严肃地说:

"对于派我上战场的安排,我没有不满,没有恐惧,也没有对敌人的同情。同样我也不需要报酬或者补偿。虽然如此,我并不愿意单纯因为有这个命令就必须要去服从。我想要一个根本的理由。"

"有了喜欢的人,你就找到那个理由了?"

"有那样的信使,但不是我。守护身边的人、守护朋友、守护海卫一、守护人类的文明——单单这些并不能说服我。我想知道的是,到底为什么我必须这么做?"

"这个问题的答案……我也不知道。大概自从人类诞生以来,很多士兵都想过这个问题吧。"

"但你不是知道吗?"

"我也不可能知道啊。"

沙佳微微耸了耸肩,奥威尔不禁提高了声音:

"你尊重对人类忠诚的人……"

"嗯,是啊。但是,如何忠诚于人类,我答不上来,而且我想这也不是能有固定答案的问题。忠诚的表现层次也是各种各样的。有人承担指挥官的任务,有人给战争孤儿分发文具,有人在主干航线上驾驶补给船。不管哪一种,从他们自己的角度看,都是对人类的奉献。当然也有不那么做的人——出于无知或者故意,明知对大局无益、但营营于私利的人。我说过的吧,我讨厌那样的人。不过呢——"

奥威尔皱起眉,沙佳的笑意更浓,凑近了说:

"之前没有说的是……这其实不是我真正的想法。"

"什么意思?"

"其实我很腻味这种杞人忧天。天天只想着远大的理想,很累的,而且很危险,所以还是想得更快乐一点吧——所有这一切,全都是为了结束战争。"

沙佳莞尔一笑,开心地把杯中酒一饮而尽。

"是的,战争只是一种过程而已。骂人什么的,也仅限于战争期间。以后就不知道了。随便大家把世界搞成什么样吧。"

奥威尔不知道自己该说什么,只能盯着她——是该由衷感叹,还是目瞪口呆呢?她此刻所说的一切,按照官方的标准来看,明显是反战的。即使根据奥威尔自己的感觉,也太过轻浮了。人类获胜也好,毁灭也罢,这场战争仅仅是不得不忍耐的过程而已——难以置信,她竟然会说出这样一番话。

但是,尽管有这样的感觉,奥威尔却也生出一股强烈的愿望,想要将这样的想法纳入自己的心中。

从这一天起，他和沙佳成了好友。

越了解沙佳，就越觉得她很奇特，就像是在和万花筒交往一样。职场的同事，拜访补给厂的军人、军属，军队组织的各个部门，政府机关和民间企业，不管哪里都有她认识的人。甚至连补给厂附近的商店、常去的游乐场她都有熟人。认识的人多得让人惊讶。她的表情无比丰富，嬉笑怒骂，不停改变，而且不管在哪儿，都有比谁都强烈的存在感。

她的头脑非常灵活，不管什么对话，只要听上五分钟，就能参与进去，而且具有独到的见解。她会对自以为是的人强烈讽刺，但若是遇上有人说些阴险中伤的话，就算明知会对自己不利也会果断辩护。要是被问到自己的意见，她会思路清晰地陈述建设性的看法。同时她也是个很好的倾诉对象，既可以在必要的时候同少言寡语的人品味沉默，也能在大家众口一词的时候提出被大家忽视的话题。在26世纪的当下，依然有女人被动保守，但这姑娘给人的感觉却与之截然不同。

奥威尔陪沙佳去参加社交活动的时候，总会非常顺利地被大家所接纳。虽然奥威尔偶尔也觉得自己只是沙佳的陪衬，不过还是和大家建立起很好的关系。在与人交往的时候，人工知性体具有的无限知识常常起不到任何作用，这一点奥威尔深有感触。沙佳结识并且喜欢的都是才气焕发的人，一个个妙语如珠。面对他们，就连人工知性体的博闻强记也显不出有什么出奇的地方。奥威尔知道自己是有缺陷的，也愿意弥补缺陷，所以他才能保持谦虚的姿态，而不是高谈阔论。

不过，让奥威尔从心底感觉自己确实愚蠢的，是在沙佳周围的朋友问他这样一个问题的时候：

"她在睡觉的时候，会把头发放下来吗？"

不知为什么，不管是不是正式场合，沙佳都不怎么披下长发。在人群之中，她那犹如古代骑兵头盔一般的高高发髻，非常引人注目。

但奥威尔也知道，他们真正想问的不是这个问题，而是在问自己对她的态度。

当这个问题被不同的人问过很多次之后，奥威尔不得不开始考虑。当然，并没有哪条法律规定知性体和人类不得恋爱。那样的禁令三个世纪前就被废止了。沙佳本人也没有将人类和知性体区别对待的模样。在她那里应该不是问题。

自从奥威尔开始产生想法之后，沙佳的态度也发生了不可思议的改变。平时总是对奥威尔毫无顾忌说出真实想法的她，时不时会显出欲言又止的模样。以前还曾请奥威尔去她家里吃过好几次饭，但现在不请了。和他在一起的时候，也不再说人类呀、要守护的事物之类的话题，只说身边的人们、食物和流行趋势之类没什么意义的话题了。

如果是一般的男人，会因为女人不再关心自己而焦躁，但奥威尔是具有敏锐感觉的知性体。和沙佳在一起的时候，即使不愿意，也会探测到她的心跳和脸色。所以他知道这不是单纯的疏远，而是因为对自己有了特别的兴趣，反过来引发她自身的困惑，才会如此对待自己。

没有比这更困难的问题了。从意识到这个问题开始，奥威尔深思熟虑了半个月以上。讽刺的是，最大的问题在于奥威尔自己的心情。那种驱动人类男性的冲动，恰恰是奥威尔所没有的；相反，作为信使，他背负着极其现实的使命。

这样的自己，能去爱吗？

这份感情，会是真实的吗？

最终，一件事推了他一把。某天晚上，在亲密朋友聚集的酒吧里,舰队勤务的少壮士官、一个奥威尔也承认很有人望的青年,以半带玩笑的口吻低声问:"你知道沙佳现在有没有男朋友吗?"

听到问题的一瞬间所生出的感情波澜,让奥威尔自己都困惑不已。没等弄清那究竟是为什么,他就脱口而出:"就我所知,似乎没有。"

"是吗?那太好了,谢了。"

士官起身离席,带着像是决定了什么似的表情,向正和朋友谈笑的沙佳的桌子走去。到了这时候,奥威尔终于明白了自己心中的动荡。

嫉妒——自己也有那样的感情吗?!伴随而来的与其说是惊讶,不如说是喜悦。奥威尔坦率承认了这一事实。虽然很意外,但也终于借此得以确定自己对她的感情。

不过,这不是欣喜的时候。刚才的士官巧妙地坐到沙佳对面,加入谈话,视线频频落在沙佳身上。肯定很快就要发生决定性的事件了。啊不,已经发生了。士官站起来邀请沙佳。是要去吧台吗?

奥威尔站了起来。

来到桌边,满座的视线都落在他身上。沙佳的手被士官拉着,正要起身,嘴里好像还在说什么讽刺的话,让士官苦笑不已,不过她似乎没有拒绝的模样。

看到奥威尔之后,沙佳脸上的表情凝固了。维持着站到一半的姿势,她的动作停了下来。

朋友中的一个举杯邀请奥威尔。

"呀,奥威尔,刚好有空位子,来坐吧。"

"谢谢,不过不用了。沙佳,能出来一下吗?"

"哎呀,对不起,刚好有人请我了。等下——"

"等下就糟了。我找你可能和他是同一件事。"

吸了一口气，奥威尔就要说出准备好的话。

但就在这时，似乎察觉了什么的沙佳抬起一只手，拦住了奥威尔的话：

"等一下——我知道了，奥威尔，走吧。森塞，下次吧。"

趁着受挫的士官找词儿时，沙佳垂首从他身边穿过，向吧台走去。奥威尔追在后面。

两个人并肩坐下。沙佳一口气喝干了一杯酒，然后双眼望着前方说：

"好了，说吧。别告诉我猜错了。"

"应该和你猜的一样。我想以男友的身份和你交往。"

"果然和我想的一样……为什么这时候说，怕被他抢先了？"

"那是诱因，不过很久以前就在想了。和你一样。"

说完这句，奥威尔等待她的回答。他并不乐观。如果沙佳愿意答应的话，细细的眉头恐怕不会皱成那样吧。

啊，即使如此，看着沙佳被昏暗灯光照亮的侧脸，奥威尔不禁有些入迷。沙佳太美了。紧紧盘起的发髻的发线，犹如铜梳一般密排着，闪闪发亮。圆润的肩头，斜持着酒杯的手腕，都堪称完美。那不是人工可以做出的东西。那是积累了数十年不可思议的思想与经验而形成的、只有人类才能具备的姿态。

"你会走的。"沙佳嘶哑着嗓子低声说，"你不可能一直陪在我身边，你迟早要上战场。明知道会这样，你还要那么说？"

"不行吗？"

"不觉得残酷吗？"

"不觉得。如果觉得那很残酷，爱这东西就没有价值了。你也不是你了。你害怕未来吗？"

"我害怕！"转过头的沙佳，深紫水晶色的眼睛里充满了怒气，"我是想着未来才活下去的！我盼着战争结束了就能过上快乐日子！哪怕现在为了军务忙个不停，但也盼望越往后能过得越好。可是……全都毁了。喜欢上一个该死的信使！"

"让你烦恼的是这个啊。"

"你知道？"

"因为我一直在关注你。自古以来，有很多女人都有同样的烦恼吧。但如果你也喜欢我的话，请你也体谅一下我的心情。我们信使没有值得期待的未来。"

"奥威尔……"

沙佳瞪大了湿润的眼睛。在内心深处，奥威尔也十分痛苦。他所遵守的逻辑不是他自己的，而是自己的创造者——就是那些命令他在踏上旅途之前创造自我的人——的逻辑。认识到自己只是他们的思想容器无疑很苦涩，但想要同沙佳交往的想法本身无疑是奥威尔自己产生的。

"你能稍稍为我想一想，为我分担一点苦痛吗？当然，一起分享的还会有无比的快乐。"

沙佳擦了擦眼睛，嘟嘟囔囔地说了些什么，像是在带着泪笑。

"生不相离，死不相弃……这都是什么时代的台词啊。"

然后，她在两只玻璃杯里倒上了等量的酒，把其中一只递给奥威尔。被眼泪弄花了妆容的脸上又显出晴朗的笑容。她高高举杯——

"好吧，和你交往。苦乐与共，分享所有的一切。尽量欢乐吧。"

"干杯。"

在酒吧的喧嚣中，响起了小小的碰杯声。

从那时开始，奥威尔和人类女性相爱了。在路上，在两个人的房间里，有时则是趁没有军务时乘小型飞船升到轨道上，他们度过了四个月幸福的时光。

对于正处在反攻最盛期的人类而言，这也是最幸福的时期。连续不断传来的消息都是击破了某某处的ET集群、夺回了某某处的天体。每个人都自觉地满负荷工作，每一处生产设备都全负荷运转。人口生育的意愿也是前所未有地高涨，育儿设施和学校之类的扩建也是无休无止。

然而，一说起是否对人口增长做贡献的话题，奥威尔和沙佳常常只有相对苦笑。信使没有生殖能力。沙佳的意见是，就算没有这个限制，也没有养小孩的闲工夫。每当好友问起，她总会开玩笑说：

"不用担心十个月之后的麻烦，床可真是很快乐的地方哟。"

奥威尔没有对沙佳说过的是，实际上在他的同事、也就是信使当中，关于这一点也有议论。有人想要生殖能力，有人认为有没有都无所谓，也有人认为绝对不能有，各种意见都有。亚历山大属于强调精神交流的柏拉图派，但是信仰得有点过火，甚至发展到开始拿原罪什么的说事儿。作为朋友，奥威尔私下里忠告他：谁也没有怀疑你和缪米拉的精神交流，就别拿那个说事儿了。

而月护王的见解没有丝毫变化：生殖是人类与知性体最重要的分界线，不可逾越。

留下子孙的重要性，在奥威尔和沙佳之间关于人类价值的对话中被屡屡提及。沙佳认为，所谓人类，不是指现在活着的数亿人，而应当被视为自过去至未来的巨大河流，绵延五千亿人以上，犹如盘根错节的大树一样。这样一幅宏大的图景，奥威尔也很喜欢。

沙佳是在与ET的撤退战当中出生于冥王星船队中的女孩。母亲在她年幼的时候战死了，之后她由身为历史学家的父亲养大。在和父亲由一个据点转移到另一个据点的过程中，沙佳掌握了物流转储的知识。等到成年后开始寻找工作，她意识到自己适合补给厂的工作。

奥威尔想,沙佳的心性——不追求特定的交流,而是寻求某种更高意义上的归属感——就是在这段流浪期间形成的吧。沙佳也承认这一点。

"我们生活在一个特殊的时代,几乎每个个体都在为全体人类做贡献。"躺在带天窗的房间的床上,曲线柔和的沙佳说,"我们担心的不是暴政或者贪污。ET带来的全人类灭亡的危险促使我们团结一致,就连最顽固的愤世嫉俗者和无政府主义者都愿意服从命令。父亲说,这样的时代是过去从未有过的。"

"正因为如此,你才一直都在考虑胜利之后会变成什么样吧。你希望即便世界改变,依然能够留下某些大家都该珍惜的东西。"

"唔……我说过很多次,我盼望那一天早点到来。"

"可是你害怕那一天真的到来。"

"害怕?我不这么想啊……没有,肯定没有。"

奥威尔温柔地转过身体,覆在她身上,抚摸她的头发——当然,她的头发是散开的。

"自从你出生以来,人类就在战斗,并且不断取得胜利。而战争一结束,就意味着不会再有更大的胜利了,甚至还可能会发生内乱和分裂。想到这样的前景,你不害怕吗?"

"是啊,谁也不敢说一定不会演变成那样。没有敌人就会制造敌人,这是人类的天性。但是,我并不害怕。"

"你很坚强。"

"我的意思是,没有什么比失去你更让我害怕的了。"

奥威尔忍不住笑出声来。沙佳忽然严肃起来,捧着奥威尔的脸,凝视着他的眼睛。

"不过,如果和我私奔……"

"坏想法。"奥威尔深吻了沙佳,低语道,"说真心话,我不想那么做。人类需要我们去战斗，这一点是明白无误的。我不会为了你而放弃战斗……就算没有创造者的制约，我也认同自己被赋予的任务。"

"不受诱惑。"

"是的。"

奥威尔用力抱住沙佳，沙佳也用力抱住他。在言语无法表达感情的时候，两人至少还可以相互抚摸肌肤。然而，即便是这样的交流方式，依然挥不去深深的失落。

四个月转瞬即逝。随着宿命之日的临近，两人之间的小小争吵也愈发频繁，不过并没有发展到损害两人关系的地步。只有一次，沙佳提议乘小艇去停泊着巨大亚光速飞船的外宇宙港参观。小艇绕着飞船转了一圈，奥威尔大致猜到了她的打算，不过直到离开时什么也没有说。

离开宇宙港，在返回海卫一的路上，奥威尔终于开口道：

"谢谢。"

"什么？"

"谢谢你为我考虑。你是打算偷渡吧？只要乘上亚光速飞船，这一生就不可能再回来了。不过，你没有那么做，真是太好了。"

"……你真那么想？"

"啊，是的。月护王为了防止偷渡，已经禁止了太阳系内所有亚光速飞船的出航，直到我们出发为止。所以你的打算从一开始就实现不了。"

"周全的措施啊……"沙佳吐出一口气，仿佛很惊讶地摇了摇头，"不过我没有那个意思。我是在问，你真的以为我想逃走吗？"

"你没有那么想？"

"没有呀。"

沙佳用力摇头。奥威尔很清楚她在说谎。然而,奥威尔更加清楚的是,在她这句谎言背后藏着多大的痛苦。

"拜托了,奥威尔。"

是将全人类拜托给我吗?奥威尔想。

海卫一上集结了近五万名信使,约占出击预定人数的两成。在这里,像奥威尔和沙佳这样的伴侣还有很多很多。街头巷尾都充满了离别气息。曾经那种两个人便是整个世界的甜蜜感觉,已经再也回不来了。

出发当天,奥威尔看到沙佳的身影出现在军港航站楼通向宇宙港的通道里。不只她一个人,聚集在那里的还有多得让人吃惊的人类。他们都是来和信使告别的。奥威尔向走在前面的亚历山大招呼说:

"缪米拉来了!"

"我知道。"

大个男子没有回头,消失在船舱里。

奥威尔回过头,他以敏锐的视线捕捉到沙佳决然凝望这里的表情,脸上没有泪水。这是当然的,奥威尔想。泪水昨天已经哭完了。今天本可以不来。

但奥威尔发现自己想错了。沙佳还有一句话没说。他清楚地看见,沙佳一字一顿,做出说话的唇形:

再——会——

读懂的刹那,奥威尔忍住胸口的剧痛,飞快地钻进了船舱。

在木星轨道与土星轨道之间的拉格朗日点上,数百支舰队不断集结。

"数年前,ET分出一部分力量进行了时间溯行。根据辐射能量的测定,可以推测它们到达的时间大约是四百八十年前。我们认为,这是因为它们意识到现在的劣势,转而去征讨远比现在弱小的过去人类了。"

关于时间溯行技术和作为它基础的时空理论,奥威尔了解得不是很清楚。完善理论的是科学家以及相关的专业知性体,而实现理论的装置则配备在奥威尔他们身上。但是,奥威尔并不想去深入了解理论。既然ET沿时间溯行了,那么自己也要跟去同样的地方吧。知道这一点就足够了。

"你们从这里跳跃到过去,阻止ET。我们会把当前太阳系所能提供的所有知性体都派去。但在过去会遭遇什么情况,还有敌人的战斗力如何,这些都是未知数。我们也充分考虑到单凭你们的战斗力并不足以应付局面的可能性。所以你们的首要任务不是与ET直接作战,而是向当时的人类传达警告,帮助他们发挥战斗力。信使们,你们的任务就是传达以及指导。然后,为了守护自身的未来而战。"

但不是这里的未来。奥威尔痛苦地皱起眉头。跳跃到过去,动员人类与敌军作战,就意味着改变历史。在他回溯的那个时间点上,时间枝会发生分岔。即使自己在战斗中活下来,冰冻自己去向未来,也不可能回到当下的这个太阳系了。无论胜败,等待自己的只会是彻底改变了的太阳系。沙佳,永远不可能再见了。

不过,如果仅仅如此的话,还是可以忍耐的吧,虽然光是这样就已经很痛苦了。

"接下来我们开始进行身份确认。请访问总管知性体。"

听从送行的人类校官的指示,奥威尔闭上眼睛,通过内藏器官访问总管舰队的知性体,确认自己的士兵身份。在海卫一上,确认身份是必要的,但在这里,到了现在这个时候,所谓确认不过是技术上的空虚仪式罢了。但即便如此,通过这样一个动作,还是能感觉到与这个世界逐渐远离。这种感觉令人不快。

"——好了,接下来我宣布一条绝密情报。基于我们人类的知性体和科学家所提出的报告——该报告的结论已经经过反复验证,可以认为具有充分的可信度——这一时间枝上的人类,很快就会灭亡。"

校官噎住了。为了宣布这一消息,应该特意挑选了一个非常冷静坚强的人,然而他的声音也在颤抖。

"其依据是,来自未来的援军没有到来。如果能够沿时间溯行展开攻击,那么可以断定,如果我们在未来战胜了ET,为了让过去的战斗朝有利的方向发展,未来的人类必然会派出时间军回到过去。我们进行了相关研究,但到目前为止,我们始终未能享受到未来的恩惠。这也就意味着,在未来,我们无法设立时间军。换言之,在不远的未来,人类将会灭亡,虽然不知道是战败还是自灭。"

从将要沿时间溯行的奥威尔他们的角度来看,这一结论可以说是不言而喻的事实。

如果没有那四个月的话……

沙佳,还有沙佳所生活的海卫一,都将归于毁灭——自奥威尔等人诞生的时刻起,便可以推测出这样的结论,只是它一直都被埋在心底深处,无人提及吧。每个人的内心都在隐隐期盼四个月的时间里能够发生什么奇迹,但是,奇迹终于没有发生。到了今天,奥威尔他们只有丢下注定死亡的人们,踏上自己的旅途。

沙佳。

奥威尔紧紧握住拳头,在心中低语。

对不起。

奥威尔将自己无法拯救的女人托付给自己的期望,深深铭记在心中。

忠实于人类……

"我带着这条终将毁灭的时间枝上所有人类的期望命令你们:

去送信,去胜利。各位,永别了。"

校官离开了舰船。总管知性体宣布:

"诸位信使,早上好! 我是卡蒂·萨克,是与各位一同旅行到时间尽头的时间战略知性体。从今往后就由我总管溯行军大小事务,整合所有资源,给各位提供各种援助。接下来,请诸位封闭感官。本军团很快就要开始时间溯行了。"

各舰艇、要塞、移动基地所配备的时间溯行驱动器逐一启动。在电力彻底关闭、变成一片黑暗的舰船内部,奥威尔咬紧牙关,忍住叫喊的冲动。

你要我拯救什么?

刹那间,奥威尔失去了意识,随同时间军向过去滑落。

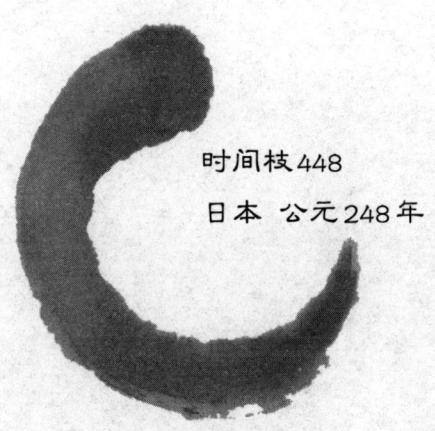

时间枝448

日本 公元248年

嘭！嘭！大铜锣发出低沉的声音，一直传入宫里。

云朵低垂，仿佛要触到悬山①栋木一般。淅淅沥沥地下着小雨，闷热得如同蒸笼。虽然茅茸的高殿正门大开，然而因为连一丝风都没有，再加上侍立左右的奴婢散发出的气息，只觉更加闷热。

尽管大汗淋漓，弥与还是挺直了身子，正襟危坐地等待。

来自未来的男子。

未来世界有人类与怪物的大战。为了一决胜负，双方都踏上了通往过去世界的旅程。这番描述对于弥与而言，并没有显得太难理解。她也常有回到过去将一切重新来过的念头。想法是相通的，虽说弥与完全想象不出该如何把这种想法变成现实。

那天晚上，弥与听他讲述自己本是在未来世界里享受生活，因为那时那地的王之旨意，承担起信使的职责，踏上了旅途。虽然那时他并没说出口，但弥与也能察觉出他的心还是留在故乡的。也许，他踏上的是一条不归的旅程吧。回想起在志贵山时想要舍弃故国的情绪，弥与觉得，自己似乎也能略微理解他的心情。

但那种沉重的疲倦，似乎并非仅仅是去国离乡造成的。尽管不知道他经历了多长的旅程，但至少看上去不像是会为乡愁所苦的男子。恐怕……他还抱有某种更加深邃的、无法消除的忧愁吧。

---

①悬山是中国古代建筑屋顶的一种样式，也曾传到日本、朝鲜半岛和越南。

　　不过那天晚上弥与并没有问及这一点。那天临近天明时，她和王匆忙讨论了后面的安排，约定重新举行一次迎接仪式。以卑弥呼的身份迎入《使令》之王，需要相应的仪式——弥与如此一说，王当场点头应允。不单如此，为了达到戏剧性的效果，王还亲自提出了一个方案。

　　"不管我怎么声称自己就是《使令》之王，出迎一方若是没有欢迎的意思，还是不会轻易被接受吧？"

　　"那是当然。"

　　"所以，要让大家主动接受我。"

　　"怎么做？"

　　"其实眼下正好有个机会，卡蒂，是吧？"

　　"嗯，根据信蜂的报告，时间似乎吻合。"

　　伶牙俐齿的大剑回答说，接下去便开始和《使令》之王讨论起细节。

　　自那一夜之后，整整十天，弥与假托要做与国事有关的占卜，故意举行了一场没有前例的仪式，做好了接受神谕的准备。

　　今天一早派出了接驾的队伍。自那时候开始，弥与便一直坐在宫中等待。

　　庶民们纷纷聚集，交头接耳，窃窃私语。三百壮士的队伍回来了。他们越过围绕高殿的壕沟，穿过城栅，经过官奴们的小屋，来到宫室的前庭。弥与听见马的喷鼻声和"退后！"之类士兵怒喝看热闹人群的声音。

　　甘由明亮的大门走进来，他在距离弥与三步左右的地方拜倒，禀告道：

　　"王已经迎到。弥马升大人①正在举行迎接仪式。"

---

　　①弥马升及下文的伊支马，均为《三国志·魏书·东夷传》中记载的邪马台国官名。

"高日子根没来吗?"

"伊支马大人在督导士卒,说是不让庶民惊扰神舆……"

听到这话,弥与不禁稍微有些担忧——难道说高日子根这厮在想什么不逊之事?

伊支马是邪马台的最高官名。高日子根占据此位,一手包揽世俗政事。相较于执行神事的弥马升、通晓典法的弥马获支,伊支马是高出一等的存在,等同于邪马台实质上的王。虽然高日子根自己主动以弥与之弟自称,但那只是为了让诸国追随弥与而故作的姿态罢了。依他的本心来说,半点也没有屈居弥与之下的想法。

所以,他对弥与唤来的《使令》之王这种来历不明的人肯定满怀戒心,说不定会找机会试图谋杀。

不对……弥与摇头。这恐怕是自己想得太多了。至少在目前这个阶段,高日子根应该还在观望才对。无论如何,发出《使令》的是王。

操作得当的话,《使令》之王可以和卑弥呼一样成为加强统治的工具,而且就算想要兴风作浪,凭他一个人也玩不出什么花样,到时候再作处置不迟——高日子根心中应该是这么想的吧。他虽然冷酷,但也是个聪明人。

不过,那也是因为弥与一直以来都让他认为自己对他言听计从的缘故。

如果自己做出什么与之前不同的举动……他会怎么办?

重新安静下来的前庭处,传来弥马升的高亢声音。这是邪马台第二位的官职。小心谨慎的消瘦男子,此刻正在充当伊支马的使节。他那种即便在平时也没有什么威严感的鸟一般的声音,因为紧张而微微发颤。

弥与听着他的声音,慢慢站起来。

"女王……"

奴婢们投来怪讶的目光。弥与抬腿要走的时候,奴婢们纷纷害怕地阻拦。

"不可外出。"

"尊容会蒙污秽。"

"甘!"

随着弥与这一声呼喝,少年依照事先的约定,迅速挡在弥与身后,拔剑对准想要追上来的奴婢。弥与瞥了恐惧的女人们一眼,迅速走出了宫门。

阴天里,前庭的光景映入眼帘。

排成队列的三百余人中间,《使令》之王盘腿坐在神舆上。即使从宫门处远远望去,也是威风凛凛的模样。与之相对的是跪在泥土上的弥马升和官奴们。对他们来说,恐怕并不认为迎接《使令》之王的仪式能有什么意义,大概都在想"又不是魏国来使"吧。

被卫士们阻挡在前庭左右两边栅栏后面的庶民们正在交头接耳。原本庶民禁止入宫,这次也是弥与借助神谕放进来的。他们一个个倒也不像毫无兴趣,只是眼下正是农忙时节,更像要急着赶回田地去的模样。

他们忽然发现了弥与,先是窃窃私语,然后纷纷显出惊讶的神色。弥与故意摆出面无表情的神态。

"那是谁,宫里的侍女吗?"

"蠢蛋,是卑弥呼女王!"

弥与此时的装扮与行占事时相同,披一件以茜草染了裙裾的白麻贯头衣,胸口缀着光华夺目的铜镜、勾玉及珍珠;铜棒上系着檞叶,手里握着长长的弊矛[①],站在高殿突出的台上;从脸颊到胸口密布犹如蛇纹的青黑色文身,还有朱泥所绘的绳文涂满全身。虽然奴婢们都说朱泥会被汗水冲掉,但弥与还是强迫她们给自己画上。

---

①一种类似权杖的矛形器物。

邪马台国的文身虽然普遍,但自己这一身还是会让庶民大为惊讶——弥与充分估计到了这一点。庶民没有见过女王,哪怕是为了让他们能够一眼分辨出女王,也值得做出这番豪华的装饰。

庶民们如同劲风扫过的蒿草一般纷纷伏倒在地。果然大有效果——弥与心中窃喜,脸上却不露一丝痕迹,无言睥睨众人。

这时候弥马升的漫长致辞终于结束。不过因为弥与出现在他背后,他并没有察觉。抬神舆的壮士们仿佛服从程序的木偶,把神舆放到地上。弥马升上前一步,刚要开口——

"《使令》之王!"

弥与的叫声在前庭回荡。弥马升愕然回头。

"卑、卑弥呼殿下……"

弥与走下阶梯,踏着泥水昂首向前,无视弥马升的存在,自他身边经过,来到神舆前面,将弊矛插到地上,深深拜伏在泥中。

"邪马台卑弥呼恭迎《使令》之王。请王入宫。"

下了神舆的王微微点头,向前跨了一步。弥与一抬头,只见他长长的手臂伸在自己面前。弥与不禁微一皱眉。事先倒是没有说过不要太亲密。那时候他问过有什么忌讳的地方,当时自己只是回答说,不用在意细微的做法,显出气宇轩昂的模样就可以了。现在看来是自己疏忽了。

无论如何,伸出的手也不能无视。弥与恭谨地伸手搭上,低眉垂首避开王的脸,变换方向。接下来只要把他领去里宫的高殿就行了。

就在此时,弥与注意到弥马升像是吞了棍棒一样直挺挺地站在一旁,他身边又出现了一个壮年蓄须男子,戴着惹人注目的大耳环,静静肃立。

高日子根……

他是从陈列左右的士兵之中径直出来的吧。手扶佩剑,一副怒发冲冠的表情。他明显因为弥与的胆大妄为而震怒不已。

弥与抢先叫道：

"谨言慎行，伊支马！此乃《使令》之王，掌天地之理的王！"

弥马升张皇失措伏倒在地，然而高日子根只是轻轻点头，反而逼上两步。弥与耳边传来王的低语：

"我来说吧。"

"不可。神音不可示与庶民。"

不然巫王也就没有立足之地了。

来到眼前的高日子根，和弥与一样拜伏于泥中，口中却以众人均能听到的大声呼道：

"邪马台伊支马禀奏：我等斗胆，望王上念我邪马台之官奴庶民崇奉女王卑弥呼，施恩赐还。"

来这一套……弥与心中不禁一沉。高日子根的借口原来是这个。《使令》之王与卑弥呼亲善固然理所当然，但卑弥呼因为是邪马台的女王，所以他请王不要置于身侧，还是放还国中。

如果他是责备弥与的轻率，弥与自然可以托称自己是为了传达王之意旨，反过来斥责高日子根，但他此刻越过弥与，直接向王陈情，王不得不对其做出回应。当然，这一点本身有着不逊的嫌疑，可他的话是表明弥与的重要，无法断然拒绝。

"伊支马……"

弥与正要开口争取一点时间的时候，王却拦住了她。他回头向弥与使了一个眼色，潇洒地拔出背后的大剑。

随后，他将大剑交给弥与。

弥与一握住这把重剑的剑柄，大剑便放出犹如旭日一般的绚烂光芒，以不辨男女的朗声高喝道：

"奉告邪马台女王卑弥呼，汝等固有种种原委，然大灾将至，此时正需摒弃前嫌，戮力同心，断不可妄自猜忌。"

伊支马惊愕地张开两片薄薄的嘴唇。也亏得是他才有这般胆量，其他人根本连头也不敢抬，尽皆平伏在地。弥与自己也是吃惊不小，不过还有余力偷眼去看隐藏在光芒中的王的表情。他似乎是在苦笑。

光芒尚未消失，宫殿入口处忽然喧闹起来。随着一声马嘶，一名士兵飞奔而入，却像是被前庭的光景震慑，停下了脚步。

眼光锐利的弥与看见这一幕，指示兵长过去。兵长听士兵说了一会儿，折返回来，一脸惊愕地向高日子根禀报了什么。

高日子根的脸色也变了。

"柘植关？……狗古智卑狗①！"

"有战事？"

弥与这一声让高日子根回过神来。他立刻换上一副冷静的表情点头道：

"据说东方狗奴国的兵马平民全举而至，动静非同小可。"

"王所来正为此事。"

大剑的光芒恰好在这一刻消失，只剩下弥与的声音响彻各个角落。

在场诸人的脸上都现出无比惊惧的神色。弥与虽然事先已经从王的大剑处听说了消息，但对于居然能把这一时刻预料得分毫不差的大剑之神力，也只有心中叹服的份儿。

高日子根皱起眉头，似乎怀疑其中有诈。弥与小心隐藏起快要泄露出的笑容。胜券在握，不必另生枝节。

"备战。"

丢下短短的这一句，弥与牵起王的手，走进里宫的高殿。随着这一声犹如解咒一般的命令，喧哗四起，高日子根怒吼着呼唤兵长集合。

---

①狗古智卑狗，语出《三国志·魏书·东夷传》，狗奴国官名。

发兵之际，由《使令》之王亲率人马，卑弥呼从旁辅助，此为最善之策。

让弥与意外的是，提出如此建议的竟是高日子根。难道他认可王的权威了？卑弥呼吃惊不小，但实情似乎可疑。

"伊支马大人任命隼人鹰早矢为军司。兵长似乎也都是伊支马大人的同族。"

偷听到官奴对话的甘如此告诉弥与。隼人是与邪马台结盟的球磨袭国士兵，因其刚勇忠诚，担任伊支马的卫士。让隼人鹰早矢任军司，分明表示高日子根丝毫没有打算将实权转给《使令》之王。

而且，王指出，自己和卑弥呼都不在宫中，留守的伊支马便可以方便行事了。

虽然有此原委，不过弥与还是接受了高日子根的建议。五天后，五千士兵集结完毕，弥与随王乘舆出发。目的地伊贺，自缠向去东北二百五十里，预计要走三天。

和预计的一样，虽然表面上是让弥与辅佐《使令》之王，实际上她的舆辇被安置在中军，与担任先锋的王非但连面都见不到，就连往来传令都被拒绝。不过，弥与从王那里得到一枚小小的勾玉，通过它，可以同相距两里的王直接对话。

"高日子根是不是有什么企图？"

"自古以来，留守的臣子都会企图取代君主登上王位，不过眼下还不至于发展到那个程度。他现在大概也就是继续巩固自己的势力，期待我们此次出行遭遇什么变故吧。"

"不要说这种吓人的话。"

在挂着竹帘的舆辇中，弥与不禁打了个冷战，耳边传来快活的笑声：

"哈哈，就靠甘了。这孩子很有前途。"

甘的怀中收着王给他的锐利短刀,在抬舆辇的生口^①们后面走。

弥与甩开不吉的念头说:"尊上还要多加小心。周围的隼人一个个都心狠手辣,趁人不备能把心肝从背后挖出来。"

"我的心可没那么容易挖出来。"

王轻描淡写地回了一句,随即又说,比起隼人,他更担心此战的对手。

"据我所知,与狗奴国之战应该在很久之后才会发生。这里的邪马台国,与狗奴国交战这么频繁吗?"

"怎么可能! 妾自从被立为女王以来,一次也没有交战过。他们应该很识时务。坦白地说,为什么现在要来攻打邪马台国,我毫无头绪。我一直以为狗古智卑狗是个很明白道理的人……尊上知道原因吗?"

"动机不明。不过可以确定的是,包括士兵在内的大批人群正由东方拥向伊贺方面。"

这是大剑的声音。虽然弥与已经渐渐习惯了王的种种不可思议之处,但还是忍不住好奇地问:

"大剑——"

"叫我卡蒂就行。"

"卡蒂,你在哪儿?"

"我? 我无处不在。"

"别开玩笑。你本身应该是在什么地方,而只把声音传过来的吧,就像这个勾玉的法术一样?"

"很聪明嘛。"

传来王轻笑的声音。卡蒂沉默了片刻。

①生口,语出《三国志·魏书·东夷传》,有解释认为生口是俘虏或工匠,地位比奴隶稍高。

"……唔,我的本体放置在某个地方,那里操纵着世界各地的客户端和子机。不过这一点请不要对外泄露。这是重要的战略情报。"

"你是王的夫人吗?"

"你说什么?"

王失声而笑。大剑以略带生硬的语气说:

"答案是否。O不结婚。不对,你不理解我和O这样的知性体同伴的感情。"

"不用这么认真吧。"

"我并没有。"

"女王啊,弥与啊,"仿佛笑得有点岔气的王说,"能把卡蒂逼到这种程度的人类,你还是第一个。"

"O,这可不是斗嘴的——"

"知道。言归正传,你派出去很多信蜂啊。"

"上野盆地全域覆盖完毕。确认多处铜剑切断人体及木材的声音,还有战斗声以及火情。检测到高温和大量的二氧化碳。"

"看来可以立战功了。"

"尊上要亲自出战吗?"弥与问。

"单单发出点光芒就被奉为神明,再来展示一下武功的话,就会让所有人心服口服。"

弥与担心道:"尊上不要勉强,狗奴的东夷箭很准。"

"你还是担心对手吧,我有时候……会杀红眼。"

"是不是真的哦?"弥与嘟囔了一句。恰在这时,传来了竹法螺的悠长声音。

军列没有丝毫骚乱。兵长呼唤士卒。士兵们纷纷拔剑,马倌牛倌用鞭子抽打载货的牛马,避让到道路一侧。弥与撩起竹帘的一角,窥探外面的动静。

不远处有座山谷，一条小路沿着小河延伸开去。即便是不谙兵事的弥与，也知道这是埋下伏兵的好地方。军司对此当然也十分清楚。他在前军整备的同时，也在向山中河谷派出探子，仔细探察是否有陷阱伏兵。

舆辇后面传来声音。弥与回头看去，只见甘的鹅蛋脸探了进来。

"弥与殿下，请将舆辇退后。这里有点危险。"

"哎呀，就这样……"意识到甘听不到王的话，弥与补充说，"《使令》之王亲自出战，不用担心。"

"话虽如此……"

不管怎么强，一个人能顶什么用？甘是打算这么说吧。弥与忽然想到一件事，开口道：

"去阵前帮我看看。我不能离开这里。"

"我也没有离开殿下身侧的道理。"

"没关系，你听，竹法螺在让大家前进呢。这里没什么好担心的。而且，你也想立些战功吧？"

"可是……"

看甘还是有些犹豫，弥与从竹帘的缝隙间指着前方说：

"看，前军扬起黄幢了。"

前军队列中升起了黄色大旗，差不多相当于伸直双臂的宽度。那种金丝镶边的华丽织物倭国上下没人做得出来，乃是前些年朝贡魏国时所受的赏赐。"亲魏倭王"的字样在风中招展，让人一望而知这是魏帝的附庸。

士卒们发出震天呐喊。甘睁大孩子气的眼睛，急不可耐地冲了出去。弥与微笑地望着他的身影离开。

前军终于传出接战之声，但和预想的不同，声音乍起便息，似乎不是正规的交战。弥与问勾玉：

"王没事吧？"

"嗯，看来只是敌军的探子。接下来去找敌军的主力。喂，马借我。"

从语气上听似乎是抢了什么人的马骑。弥与怕自己妨碍到王，终止了对话。

竹法螺再度吹响，军队又开始前进。

走出山谷，是一个狭小的盆地。弥与看见升起火攻的浓烟，但奇怪的是，看不到敌军的旗帜，也没有盔甲的闪光——敌人在哪里？

弥与在焦躁不安中等待。人马杀进了盆地的城邑，但甘没有回来，勾玉也没有声音。弥与只得下令造饭，自己进了城邑的高殿用餐。

日头西倾的时候，勾玉终于发出了声音，但那语气让弥与感到有些不祥：

"弥与……"

"发生了什么事，王？"

没有了回音。

不久之后甘回来了，脸上带着潮红。那是战斗的兴奋。他告诉弥与：

"弥与殿下，我军大获全胜。我也杀了个袭击平民的家伙……"

"没有乱来吧？可让我担心了好久呀。"

"啊，是。对不起。"

好像记起自己的任务应该是守护弥与，甘垂下头，兴奋之情立刻冷却下来。看到他平安无事，弥与放下了一颗心，转而问道：

"看到《使令》之王如何作战了吗？"

"看到了。骑在马上挥舞那把大剑，把东夷像木偶一样纷纷扫倒。没有中箭，也没有中枪……强到可怕的地步。士卒都看得目瞪口呆。"

"那么，就是说没有受伤了？"

"毫发未伤。"

那为什么王会是那种语气呢？

弥与正在沉思的时候，高殿外传来呼喊声。甘出去察看情况，过了一会儿皱着眉回来说：

"军司鹰早矢竟然不顾隼人的身份，要请卑弥呼女王外出接见。"

"有什么事？"

"据说是敌军有使求见。明明直接赶回去就行了。"

"东夷？"

这倒有点奇怪。如果是要宣战或者议和，只要找代行伊支马权限的鹰早矢就可以了。现在特意指名卑弥呼，很是奇怪。

弥与做了个手势，让甘退开一些，低声向勾玉问：

"《使令》之王，东夷的使节来了，我想去见见，可以吗？"

"嗯，可以……等等，我也想见。到我这儿来。在鹰早矢的帐篷。"

二十名奴婢围在弥与周围，代替围帷遮挡俗人的视线，去向鹰早矢的帐篷。一副武将容貌的隼人军司，带着一种不知哪里让人不快的样子平伏在地迎接。王在中间，盘腿坐在明显是临时拼凑出的御座上。弥与在他身侧坐下。出身于遥远南国、全然不知邪马台宫中礼仪的鹰早矢，完全不知道如何对待弥与和王，胡乱呼喝下人端上酒和果子，战战兢兢地送到两人面前。

看到周围的人都是一副害怕得不敢出声的模样，弥与不禁小声询问甘：

"出了什么事？怎么一个个吓成这样？"

"《使令》之王空手抓住一支射向鹰早矢的流矢……"

原来如此。确实让人吃惊。不过有了这种事情，接下来也就好办了。弥与转身面向甘，刻意朗声说：

"传与鹰早矢：《使令》之王待尔不薄，今后尔等也要尽忠竭力。"

"鹰早矢，女王的话听到了吧？"

甘依样复述了一遍，鹰早矢恢复了一点生气，似乎把这当做对自己的勉励，叩首答谢。弥与对这个单纯的武将略微产生了一点好感。

"听说东夷有使节来此，传他进来吧。"

甘传达下去，鹰早矢回答道：

"惶恐至极。臣说过与女王会面只会自寻死路，让他回去，但他就是不肯。说什么要砍头就伸脖子，随便女王处置，但仇恨化作鬼魂也一定要报……"

"没关系，带进来吧。"说完之后，弥与觉得稍微有点轻浮，便又加上一句，"蒙上眼，缚上手足，莫予他可乘之机。"

片刻之后，使节被抬了上来，手脚都被捆住，像是烤乳猪一样被捆在棍子上。弥与招呼道：

"妾乃邪马台女王卑弥呼。东夷于妾有何贵干？"

说话时候，弥与注意到身边的《使令》之王沉下了脸。

东夷使节虽然被吊着，但还是以一副倨傲的模样应道：

"汝为女王？吾为吾王传话。吾国怪物群生，势不能绝。望女王怜我国人，乞赐饭食，以为活命。吾当奋勇，扑灭怪物。"

"什么？"甘惊得连礼仪都忘了，直接询问弥与，"怪物出现了？在狗奴国？"

"埋山填河，一望无际。"

东夷使节的态度，看上去就像已经无路可走，什么都不怕了的样子。

"那么,越关而来攻打我国的不是军队,而是流民吗?!"

"正是。抱歉。"

沉默不语的《使令》之王向弥与望来。弥与知道他担忧的原因了。屏退不相干的人,弥与问:

"不是知道怪物的所在地吗?"

"那需要预先设下警戒网。它们如此巧合地出现在这里,已经超出了我的预想。原本以为敌人要到二十年之后才出现,那样就可以好好准备了。"

"已经将调查矿脉的信蜂派去狗奴国了。预计八小时之内完成东海方面的警戒网。"大剑说。

"这地方只能放弃了。弥与,今天晚上做好退兵的准备。在白天时候经过的山谷要塞处布置防线。到明天早晨,把能收拢的流民都带回邪马台,剩下的就听天由命吧。还要向本国派人,把能用的兵全都调来。"

"必须……必须那么急吗?"

"从第一批流民到这里的时间算起,已经过了十几天了。虽然不知道狗奴国的残存兵力还有多少,但对手既然是成熟到进兵阶段的ET——恐怕已经全军覆没了吧。"

弥与倒吸一口冷气。

《使令》之王忽然移开视线,自嘲般地喃喃道:

"从那时以来,这样的错误……"

"……之前也有?"

"嗯。我们比敌人到得早,但没能做好准备,最后还是战败了。"

战败……这是他内心的阴霾吗?漫长的战斗中有许多未能救助的人,悔恨都积压在他的心里吧。

在弥与分辨出王的神情前,他手抚脸颊站起身来。

"我去前线看看,后方就交给你们了。卡蒂,召唤援军吧。"

"好的。不对,等等。其他地方也有警报。"

王猛然回身。大剑告诉王:

"东非阿克苏姆王国①。冻结中的一名信使受到攻击而被破坏。吉萨站由于因果效应而消灭。阿索斯山②、塔哈特山③、贾莫市④及中东各据点的友军紧急觉醒。周边据点进入备战状态。"

"混蛋!"

王一脚踢飞旁边的柜子,大步走了出去。

---

①非洲东北部古代王国。公元前5世纪兴起于今埃塞俄比亚亚提格雷省,最盛时版图包括红海两岸的大片地区。首都为阿克苏姆城。公元7世纪后,由于阿拉伯人的进攻而逐渐衰亡。

②希腊北部马其顿的一座半岛山,东正教认为是圣山。

③阿尔及利亚的最高山。

④位于伊拉克北部,在那里发现了人类最早的农业遗迹。

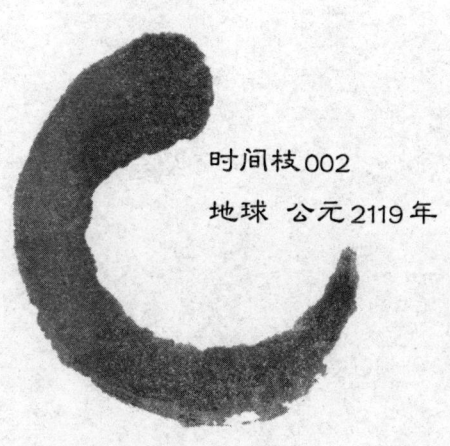

时间枝002

地球 公元2119年

"轨道投射装置不能用？什么意思？"

奥威尔在内置的通信机这么一叫，月面北极基地的责任人——头衔是所谓运营主任的人类——用毫无感情的声音回答说：

"我们服从总公司的命令。有意见请向总公司提。"

"你不知道联合国的决议吗？照会说得很清楚，人类所有国家的全部设施都由26世纪溯行军使用。请协助。"

"我知道联合国决议，但我国议会还没有通过基于它的国内法。我公司正在转变生产体制，力争赶上法律的施行。请再稍等一段时间。"

"没时间等了！ET的攻击随时可能开始！"

"我们是盈利企业，在没有停业补偿的情况下，我们无法停止工作。"

"你们——"奥威尔切断通信，一拳砸在飞船内壁上，"混蛋！"

背后同行的四名信使耸耸肩，脸上浮出浅笑。

在紧邻北极基地的发射场降落的飞船中，传来总揽全局的卡蒂·萨克的声音：

"没能说服吗？"

"没用。那些混蛋除非屁股着火，不然根本不肯动弹一下。"

"都是一样。各国政府、跨国公司、民间团体、重要机构，不管哪个层级都在抗拒。意见不统一,联络不彻底,负责人不在或者忘了,要求回扣,反对派、怀疑派的阻挠,等等。没人知道会延迟到什么时候。"

"这么没效率!"

奥威尔呻吟了一声。刚刚抵达这个时代时那种欣喜的感觉已经消失得无影无踪了。

公元2119年,到达22世纪初年太阳系的奥威尔他们,首先进行太阳系内的扫天观测,确认没有发现ET的增殖据点和建造物。地球还是蓝色的表面,披着白云的霓裳,过着平静的日子。

抢占了先机——信使们为此欣喜了片刻,随即飞速赶往地球,传达危机临近的消息。

在去往地球的途中,信使们发现火星地表有人类活动的迹象。物资自地球和月球源源送来,正在进行殖民都市的建设。南北极及各地地下水源处还有大量默默作业的机器人的身影。这与奥威尔等人所知的历史一致,是个令人振奋的光景。虽然还处在摇篮期,但这个时代的人类已经具有宇宙活动的能力。奥威尔等人都认为,要迎击ET,人类的协助不成问题。

和22世纪的人进行接触,让他们相信信使们来自未来,这件事也是比较顺利的。地球的民众看到操着地球语言的数百支宇宙舰队,便单纯地相信他们是自己的同胞了。相比而言,政治家怀有戒心,科学家们怀疑更甚,不过解释了派遣信使的原委以及时间溯行理论之后,至少他们也同意开始进行交流。

然而接下来却困难重重。22世纪的地球还没有能够决定全体人类行动方针的组织。作为其雏形的联合国,此时比主权国家的权力都弱。对于信使们提议的跨国家协同行动——其中当然包括军事行动——各国政府都表示非常为难。在某种程度上已经预料到这一状况的信使,派遣出具有人类形态的个体,作为使者努力在各国间斡旋。

这时候地球上已经出现了若干ET集群,对于斡旋多少也起到一些帮助。以信使方面的标准来看,这些集群的目的应该不是侵略,仅仅是初期的侦察;而地球方面却仅仅将其视为诸多难题——不断发生的疾病与饥饿,依然如火如荼的民族冲突,无休无止的环境破坏——中新出现的根源不明的一个。

后来,两个ET集群摧毁了欧洲的两个大都市。为了剿灭ET集群,欧洲动用了常规战斗力量的大半。

ET大举入侵的威胁终于撼动了联合国大会。但即使就在这种时候,也有部分国家的大使认为,有可能是信使自身向这两个城市发起攻击,演出了一场苦肉计。

无论如何,联防体系总算建立起来了。基于联合国决议,地球方面终于开始了防空与地面战的准备措施,而信使方面则负责宇宙空间的防卫……

"怎么办?"在月面飞船的船舱里,亚历山大问陷入沉思的奥威尔。这是小型飞船中的一艘,往来于最远已经抵达火星的宇宙空间站之间。"就这么等着吗?那些家伙会拖很久的。与其这么干等,我还是去干点别的吧。"

"干什么?"

"写故事。"

奥威尔转过头,只见亚历山大正在笔记本上写字。

"那是什么?"奥威尔问。

"送去海卫一的。收在时间胶囊里。挂上信标发射到那儿,总归会被回收的吧——一两百年之后。"

"寄给缪米拉的吗?"

"她说过我文笔不错。"

"是个什么故事?"

奥威尔其实并没有什么兴趣，只是随口问了一句，不过听到亚历山大认真的回答，不禁产生了好奇。

"虫的故事。"

"虫？"

"嗯，有一棵大树，上面有片叶子，叶子上生了一条小小的虫子。小虫子每天吃着叶子，过着快乐的生活。忽然有一天，它发现自己的生活出现了危机，似乎有什么东西会使大树枯萎。为了阻止危机，小虫离开了熟悉的树枝，爬向粗大的树干……"

"那东西是什么，ET？"

"哎呀，饶了我吧。扯上现实，故事的气氛就全毁了，这可是儿童文学啊……话说回来，该拿什么做敌人呢？马蜂、蜘蛛什么的太普通了……"

身材比奥威尔还魁梧的亚历山大陷入了沉思。奥威尔看了他一会儿，终于站起身，丢下一句：

"既然是儿童文学，熊怎么样？走吧。"

"啊，当面谈判吗？"

"是压制。卡蒂，潜入基地的计算机，伪造状态信号，显示没有异常。不要给总公司和政府落下口实。"

"就算短时间没问题，过一阵也会被发现的。而且一旦用了武力，以后会更难办。忍忍吧。"

"不行，忍到ET攻击开始就迟了。对了，顺便帮我做一件武器。低威力的实弹火器……啊，不用，剑就行了。这个时代的人，看到冷兵器反而更吃惊吧。尽量做一个一眼看上去就很吓人的东西。"

"碳钛混合锻造刀如何？表面融入半导体，放电的话，连不锈钢都能熔断。"

"嗯，那东西很帅。"

　　飞船内的原子打印机开始工作,发出轻微的臭氧气味。这是从食物到武器都能通过"积层印刷"技术生成的机器。奥威尔和同伴们聚到一起开始研究基地的地图。很快,武器完成了,那是一把光芒闪闪、比手臂还长的乳白色大剑。奥威尔穿上密封服,提剑在手,亚历山大笑起来:

　　"不错嘛,宇宙英雄。有复古未来主义的味道。"

　　"把我写进你的书里吧——那我领头,你们在后面适当营造点儿声势。"

　　出了登陆艇,奥威尔他们向基地走去。

　　地平线上的太阳把一行人曳出长长的影子。奥威尔忽然想,自己是不是也该写封信呢? 如果在时间分岔之前的时间点设置时间胶囊,不论哪条分岔的时间枝上都会流传下去吧。

　　可是自己并没有什么要写的。单单写一句"想你",并没有任何意义。

　　怀着对能有东西与女友共享的亚历山大的羡慕,奥威尔放弃了写信的念头。

　　迎击ET的准备工作在层层拖延中毫无进展。从信使抵达起足足过了五个月,地球方面勉强算是完成的只有近地球陨石击坠核导弹的程序变更,还有各国天文机构的防空监视体系建设,而针对ET的武器生产还没有头绪。宇宙空间的地球人设施依旧拘泥于以往的工作,没有一处全力开展迎击准备。月面矿山、机器人工厂、轨道投射设备、太阳能发电场⋯⋯每个地方都振振有词地拒绝合作,甚至阻碍信使方面建设自己的独立设施。

　　生产进度的迟滞还算是好的,联合国军队指挥协议之类的进展更是只能用深陷泥潭来形容。

　　自古便有绵长历史的强大国家,千年纪元以来新崛起的中小国家，再加上信使，三股势力形成鼎足之势，纠缠不休。没人知道什么时候才能确定指挥系统。

照这样下去，做好迎击准备根本遥遥无期。卡蒂·萨克叫苦不迭。她最想全力推行的全地球规模ET监控系统被各国政府横加阻挠，最终只能分割成国家单位的小规模检查。说了多少次漏掉一个种子就会发展成数目巨大的ET集群，可就是没人理会。

即使没有这些阻碍，她也已经忙得不可开交了。和地球监控并行实施的还有派遣百支规模的舰队去金星开展大规模的侦察作业。

26世纪的太阳系，金星曾经是ET繁殖的温床。覆盖着厚厚大气的地表上，是不是隐藏着埋设型的集群和基地？彻底的搜索果然发现了好几处大型集群。信使向它们投下中等威力的核聚变弹，展开了不放过一只繁殖体的歼灭战。

虽然举26世纪人类的全部余力送来了信使军，但也没办法将太阳系的全部天体尽数覆盖。信使军的核心能源来自从未来带来的反物质，这当然不可能无穷无尽。如果陷入持久战，就不得不建设反物质的生产设施。在这个舰队行动完全没有任何辅助设施的时代，无论如何都只能依赖当地势力的支援，不能因为受到阻挠就一直采取单独行动。

"听说哈默斯利山脉的收购失败了？"

任务的间隙，奥威尔问。作为邀请协助的一环，信使以提供技术为代价，也在着手购买资源。在悉尼的同伴回答说：

"你没看到谈判时，澳大利亚政府官员的眼睛瞪成了什么样子。我们告诉他们只要铲平山脉就会露出之前数倍的矿藏，可他们怎么也不能接受生态系统和民族居留地的消失。谈到一半，全体掀翻桌子回去了。自己的国家和人类的历史到底哪边更重要啊？"

"历史这种看不见摸不着的东西，要说对它的奉献精神，也不是一朝一夕能涌现的吧。"

从自己嘴里说出的"历史"这个词，让奥威尔忽然感到有些别扭。他不禁略微想了想——一般来说，历史是指过去的历史。但是，还没到来的历史能称为历史吗？总觉得厚重感有什么不一样的地方。

"和主要企业的谈判，进展率为预定的百分之四十五。"

卡蒂·萨克冷冰冰的声音插进来。她具有同时与信使全员对话的能力，但就连她此刻也似乎没有余力在声音中编入细腻的感情了。在奥威尔听来，这表明连她都疲惫了。

"大型企业真可以和一国政府相媲美。人类经营层的无知狂妄简直难以置信。甚至连有知性体加入经营层的企业也是信息阻碍和虚假信息横行，更不用说有知性体加入的企业还不到总体的百分之二。"

"没有达到'信息完全'的状态，实在很难救援啊。"

公开的信息在光速的界限中以一切都可检索的状态交织往来，换言之，就是达到"信息完全"的状态，这便是奥威尔他们生活的世界。在那里，除诸如沙佳工作的补给场之类的少数例外，从来没有人类故意隐蔽藏匿信息的事。在纽约达成的协议，五秒钟之后，东京也罢，孟买也罢，履行协议乃是理所当然的。在火星发现的企业不端行为，经过数个小时通信延迟后，土星也罢，天王星也罢，系列企业都会受到处分。

无法自由交换适当的信息会产生多少无知和猜疑，奥威尔对此终于有了切身的感受。如山的会议、协议、申请，愚蠢无比的误解、反感、敌意。

"卡蒂。"

"在。"

"有完全消除延迟的方法吗?"

"征服人类。你也知道的,不是吗?"

的确是知道的。取代人类,信使们担负起所有事务和通信,只是象征性地征求一下人类的意见——这是远为单纯且高效的方法。但是可想而知,那会招致人类方面多大的反感。因此,信使不但按下了对这一选项的讨论,连具备这种能力的事实都要隐藏起来。

不能这么做啊……这么做就是从根本上彻底践踏蹂躏这一时代的人类的尊严。信使们的过多干涉本来已经把历史改变得太多了,由此产生的影响会扩展到何种地步,根本无从计算。

但信使们接受的指令是,即便将历史从根本上彻底改写,也要拯救人类。

动手吗?

信使奉行少数服从多数原则。溯行军的全知性体都具有提议权和投票权,过半数赞成即可确立方针。受益于溯行军内的完全信息环境,从提议到评决连一分钟都用不到。

然而,奥威尔最终还是没有提议征服人类。对于沙佳告诉自己的人类历史,奥威尔感到某种难以言喻的沉重。

那之后的三个月里,由其他的信使个体发起的征服人类的提议共有两次,但不知什么原因,两次的赞成人数都连三分之一也没达到。

奥威尔他们对此后悔不已——在抵达的第十一个月,ET的总攻击开始之后。

最初的征兆是由地球表面射出的若干激光。

那是蕴含巨大能量的细细的针,其中一些被地球人用肉眼发现,然后宇宙空间的信使警戒网也发现了,不过都判定为某些地球人发出的无意义照射。激光的指向地点杂七杂八,而且既非行星也非空间站,照射时间和长度都各不相同。

当防御方意识到所有激光都指向黄道面的时候,已经是攻击开始之后的事了。

2120年3月,距离太阳约四亿公里的小行星带中,二十小时内出现了一万四千个辉点,温度高达一亿度以上,显然只可能是核聚变推进火焰。同时,在木星周边也出现了五百个同样的辉点。

信使立刻发出最高级别的警报,着手分析,半日后得出结论:ET采取了需要耗费时间但极其单纯的攻击手段——向地球发送超出防空容量的巨量小行星,通过撞击毁灭地球……这是自古便有的极其单纯的方法,即所谓的饱和攻击。

ET是如何发展到这一地步的?幕僚知性体做出如下推测:它们比信使更早到达这个时代,只不过隐藏起来了。它们潜伏在木星卫星上,只在卫星进入木星阴影时才行动,将同伙与核聚变燃料一点点送去小行星带。它们一边进行将小行星弹头化的作业,一边派出极少数侦察部队潜入地球。选定爆炸目标后,它们以流星余迹通信①通知小行星带,随后自毁。之前发现的稀疏激光便是它们在通信。弹头化的准备一旦完成,便一齐发射,这时候不再需要继续潜伏,它们开始在木星据点公开行动,急速推进一切弹头的制造……

ET遏制小行星弹的轨道公转速度,调整其方位,使其通过自由落体的方式指向地球。对于这种手段,只要尽早迎击,便可以用小威力的弹头使其偏离轨道。因此,信使舰队将手中所有的核弹和反质子弹都射向小行星带和木星环,其数量远远多于一万四千颗

①流星在掠过空中时会发出大量的光和热,使周围的气体电离化,并很快扩散形成以流星轨迹为中心的柱状电离云。这种电离云具有反射无线电波的特性,这就是所谓的流星余迹。而利用流星余迹反射无线电波所进行的远距离通信,就叫流量余迹通信(MBC)。

小行星,但要说彻底阻止撞击,显然也是不可能的。无论如何,哪怕只被一颗小行星击中,后果也不堪设想……

接到通知的地球方面最初采取的行动乃是责难信使:为什么没有早点注意到? ET会用陨石来砸,这种伎俩不是连小孩子都能想到吗?

信使方面回答说,选择这种方法的概率很低。在26世纪的战争中,ET所采取的各种战术里并没有包含这种方法。在那个太阳被夺走的时代,ET一直在借助巨大的太阳能,并没有采用诸如在木星上提取氘进行核聚变之类的迂回手段。这一回,它们应该也是希望借用太阳能的,像现在这样的行动,它们将能源用到了极限,可以说是一场豪赌……

话虽如此,这也的确是信使方面的疏忽。带着未来的技术和力量以高压态势君临过去的信使,却被敌方在背后捅了一刀,这给今后的联合体制投下了阴影。

全力以赴的舰队攻击成功击落了百分之九十九点五八六的小行星。剩下五十八颗小行星划出平缓抛物线,向地球飞来。太阳系虽然没有了反物质,不过核弹还是有的。只是,掌握核弹的乃是地球。由此,地球与信使双方的力量对比发生了逆转。

于是,地球向信使提出了令人震惊的要求——总指挥权的委让,主要舰艇的让渡,所有军用民用技术的提供。地球方面更进一步提出,身为信使们的祖先,从今往后都需要听从我们的指示行动。我们是你们的始祖,正因为我们的存在才会有你们的存在;不要忘恩负义,要遵从我们的教诲。

信使方面答应了所有要求。出发之前他们接收的指令是:无论如何都要拯救人类,即便是被野蛮的过去人类侮辱……而且最要紧的是,眼下没有时间争吵。

联合国军将校乘坐的舰艇(为了提供人类可以居住的空间,不得不花费数周时间对舰艇进行改造）与地球制造的核弹一同出发。地球人指挥下的反击开始了。他们干得很不错。虽说信息收集能力的不足使得很多时候还是要依赖信使，不过他们确实准确投送了核弹，准确命中了小行星。这是地球人自己进行的防卫。防卫的成功让人类欢欣鼓舞，整个地球沉浸在狂喜之中。

随后便堕入地狱。

由于地球人和信使之间的纷争和龃龉，警戒网产生了一些漏洞。ET利用这些漏洞，向地球送进了完全隐身的繁殖体。虽说ET不大可能具备洞察人类社会的能力，但透过局部通信量的变化以及各种舰艇的动向，应该也足以发现那些漏洞。总之当人类回过神的时候，五大洲都已经有了至少十个以上的成熟集群，漫山遍野地向各个主要城市和军事基地涌来。

地球人措手不及，陷入巨大的混乱。信使也无能为力。由于地球人的层层阻碍，协助地面战的尝试没有什么进展，就连极少数建成了联合体制的国家也没有权利和相应的手段越过国境，镇压他国混乱。

ET利用当地资源不断增殖。它们以阳光、煤炭、石油、天然气等一切可以入手的资源为能量，将铁和硅等容易加工的物质作为材料。这样生产出来的ET，其战斗力自然不能同宇宙中经过复杂成长过程的家伙相比，但它们的优势在于数量庞大。在数不胜数的ET大军面前，地球人的军队节节败退。

不到两个月的时间，地球上的混乱已经能从太空轨道上看见了。森林与城市烈火熊熊，喷出浓浓的黑烟。到处都是核武器造成的巨坑——当然，那是地球人发射的。到了夜里，大型火灾带来的诡异橙色和刺眼的爆炸闪烁在黑暗的地表，代替了过去装点这颗星球的绚烂街灯。

"ET开始攻击火星了。"在漂浮于东海的海上都市蓬莱,奥威尔听到卡蒂·萨克的声音说,"用了十千米级的小行星进行轰炸。不值一提的低级武器。ET们也是山穷水尽了。"

"因为它们的木星据点被干掉了吧。"

奥威尔虽然如此回答,语气中却没有一丝欣喜。就算接下来能和敌方拼得同归于尽,那也算不上是什么胜利。ET只是武器,并非侵略者自己。而地球一方却是以人类的血肉之躯与之苦战,遭到的也是无法恢复的打击。

卡蒂·萨克继续说:

"守卫北海避难所的舍伍德消失了。好像是由于轰炸火星引起的因果效应。"

"因果效应?"

和奥威尔面对面坐着的一个武官忧心忡忡地开口询问。他姓常,受政府的指派来协助奥威尔,把普通民众疏散到这座海上都市来。

奥威尔回答说:

"我们来自未来,消失的同伴也是未来的某人创造出来的。那个某人是这个时代的某人的子孙,而这位祖先大概是住在火星基地的吧。"

"等等,这样的话,那名信使应该从一开始就没有诞生,可是为什么我们会知道他的存在?对了,这就是所谓的外祖父悖论吗?"

"我们的专家说,这是因为信使存在的事实已经写入了目前这一时间枝。换句话说,我们被从原先的时间枝上切下,接入了新的时间枝。在这层意义上,时间溯行者一半具有这一时代的属性,一半具有原时间枝的属性。我们就是这样的时间混合体。溯行者会受到两方面的影响,至于具体会受多少影响,就要根据溯行理论进行概率计算……我只能解释这么多,再往下我也不知道了。"

"不要再解释了。我也已经满脑子糨糊了。"

老常和奥威尔相对苦笑。老常是为数不多的地球人当中的合作者。

卡蒂·萨克插了进来:

"宇宙空间战我们虽然占据优势,但由于因果效应而消失的部队正在对战局产生影响。是我们先歼灭敌军,还是我们先崩溃、敌军势力重新兴盛,目前的战况很微妙。"

"就算在宇宙中大获全胜,对于已经降落到地球的敌人,就没办法了吗?"

卡蒂没有回答。这是无须回答的问题。

奥威尔把桌上的茶一饮而尽,站起身来。

"好了,再让我去努把力吧。防波堤眼看也有敌人攻来了。"

"O先生,唔……奥威尔,能求你一件事吗?"

奥威尔转过身。老常不用正式称呼而用昵称来喊自己,这是自一个月前的自我介绍以来从未有过的。

紧紧握着茶杯的老常,以压抑的低沉声音说:

"你们的宇宙飞船上,还有地方能容纳一个人吗?"

奥威尔眯起眼睛,正要冷冷丢下一句:你是这么贪生——

"不是我,是我妻子。她怀孕了。"

奥威尔倒吸了一口气。老常突然站起来,抓住奥威尔的手臂。那是连强化骨骼都几乎要被捏断的强力。

"空地总有的吧? 应该有改造给将校用的飞船对吧? 带她上去……行吗?"

"……保护自己的夫人,是你的责任吧。"

"不行的,我做不到的。大家都知道,阻止不了它们。就连这座蓬莱,只要ET的飞行体开始正式攻击,也撑不了多久。我们会灭亡的……阻止人类灭亡不正是你的任务吗? 不管怎样都要让人类延续下去。怀孕的女人……就算不是我的妻子,拯救孕育新生命的女性,也是任务的延续啊! 我说得不对吗?"

"上了飞船又怎么样?"奥威尔用比老常还低的声音说,"在哪儿下船? 哪儿有安全的地方? ET连火星都攻击了。没地方去的。我们做不了诺亚方舟。"

"到过去……"

奥威尔反射性地甩开他的手。不想再听下去了。再听下去,信使们的冷酷就要彻底暴露了。

然而即使是从房间里飞奔而出,奥威尔的身后还是传来怨灵般悲痛的喊声:

"带上她走吧,求求你! 带到没有敌人的过去! 这是可以的吧? 你是愿意的吧!"

逃难而来、身无长物的人们,精疲力竭地坐在犹如难民船一样的都市中。奥威尔飞奔在这样的人群中,拼命抑制着自己想要放声号叫的冲动。的确,我们将要去往更加久远的过去。为了挽回这一失败。为了从头再来。

换句话说,我们将要夹着尾巴逃跑,抛弃这里的人类。

奥威尔来到环绕都市的城墙上。绵延不断的船只满载着逃难的民众抵达港口,同时又有无数空船驶出,像是满天的子弹。遥远西面的地平线上,可以看到如同城墙一样连绵的黑云。那是大陆沿海城市焚烧的模样。低劣材质构成的地面型ET不能浸泡海水——但是,确实如同老常所说的,一旦飞行ET进入量产阶段,蓬莱的沦陷就只是个时间问题了。

回过神来的时候,奥威尔意识到自己正把牙齿咬得咯咯作响。

为什么ET如此灭绝人性?

它们到底是什么东西?

"溯行分队甄选完毕。奥威尔,你也是其中一员。请赶往集合地点。我也将把这个时代交给子系统，一起同行。"

卡蒂·萨克宣布道。连她都做出了抛弃这个地球的决定。每个人都知道，这一时间枝已经没有未来了。

奥威尔不自觉地喃喃说了一声：

"老常的妻子……能带上吗？"

"把人带往过去，对人类毫无益处。不能同意。"

"但也没害处吧。"

"她可不是沙佳。"

"卡蒂，你……"

激昂的叫声堵在喉咙里。奥威尔跪倒在地，抽泣起来。

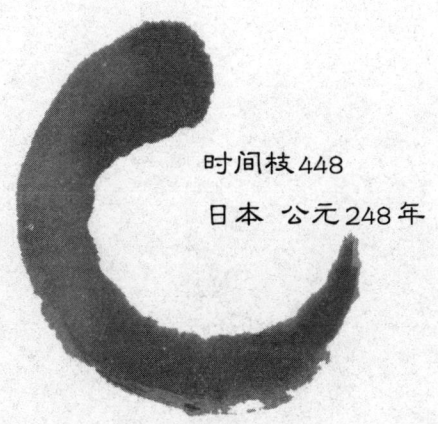

时间枝448

日本　公元248年

"嘿哟！"

十五六名士兵齐声呼喝，抱着前部捆了岩石的木头向前猛冲，撞到被称为"大猴子"的大个怪物肚子上。由蓝白色金属构成的大猴子顿时摔了个四脚朝天。士兵们拔剑跳过去，戳眼睛，砍脚筋，不让猴子垂死挣扎，直到猴子再也站不起来为止。接着，士兵们又向下一个怪物冲去。年纪还小、抱不动木头的孩子们则小心凑近倒下的猴子，把剩下的筋一根根切断。

"卯来了！"

长得像是小女孩却只有一条腿的怪物，从森林中旋转着飞快地跳出来，手中挥舞着如同绢布一样薄的刀刃。被划到的士兵们鲜血喷涌，痛叫不已。

手持木盾的士兵冲上来围住卯。卯惊慌地高高跳起，想要找个缺口跳出包围圈，但它的独脚被一个大胆的士兵抓住，一下摔倒在地。士兵们一拥而上，一阵乱棒打死了它。

山梁下面一支小队号叫着逃了上来。在他们的身后，可以看见大群的猴子正从树林间追上来。

鹰早矢放声大喊，声音连树梢都能撼动。

逃来的小队连滚带爬冲进栅栏。候补的士兵立刻割断段木的绳索。所谓段木，是用好几根底部削尖的木头捆成"川"字。段木从斜坡上翻滚下去,把猴子们纷纷击穿。

四面山梁设立的若干瞭望台上,一直不停地吹着竹法螺。不过随着一批批ET被击退,竹法螺一个接一个地恢复了平静。

弥与坐在要塞的高殿里倾听着外面的动静,满头大汗的鹰早矢跑进来,用带着方言的口音报告:

"三处山谷的ET差不多都肃清了。"

对于鹰早矢这样的高级官员,弥与取消了通过甘传达旨意的做法,一方面是因为没时间;另一方面就算不那么做,也不会损害卑弥呼的尊严。

"嗯,辛苦了。北之鼻和玉岩兵力尚有不足。派些增援过去。"

"玉岩上午增派了四十人。"

"还不够,还要百人。"

"是,遵命。"

战斗打响以来,弥与的神谕一次都没有出过错。鹰早矢早已信服得五体投地。不过那其实并非占卜的结果,而是多亏了千里眼卡蒂的建议。当然也有一直在前线不眠不休战斗着的《使令》之王的帮助。

最初怪物闯入伊贺的时候,王一个人单枪匹马杀出去,擒回一只小个头的怪物。王用粗绳把它捆在树上,带兵长来看。第一次见到只在传说中听说的怪物,士兵们一开始都畏畏缩缩不敢靠近,于是王空手上前触摸给大家看。怪物虽然外表可怕,其实也很虚弱,只要找准弱点,也可以让它死无葬身之地。王向众人解释之后,让士兵们提剑割断怪物的绳子。

脱离了束缚的怪物暴起发难,被王当头一棒掀翻在地。士兵们鼓起勇气一拥而上把它砍成了碎片。这头怪物的力量其实早被大大削弱了,不过士兵们还是大受鼓舞,纷纷宣誓追随《使令》之王。

王向士兵们传授用木头击倒大猴子之术和用盾牌守护身体之术,随即又向他们展示车和弩之类的构造。一直以来,邪马台军的武器除了铜剑就是矛和木弓之类,看到王指点工匠制造的弩能在百步之外击倒大树,连随军的汉土工匠都不禁咋舌。另一方面,土木工程也进展迅速,铺平道路、架设桥梁,伊贺之西的山谷中建筑起了要塞和长长的栅栏。

王又派人去邪马台,将来自诸国的商贾、官员带来观看战斗,看异形怪物如何在伊贺之地肆虐,邪马台军又是如何迎击。这些人返回故国之后,他们的转述之中恐怕会有许多夸张的成分,不过应该能唤起诸王与诸长的危机感。比起单靠卑弥呼派遣使节转述口谕,应该更加有效……

与怪物交战以来已经过去了两个月。邪马台军一方面不断给ET以打击;另一方面也在坚守要塞,等待着增援。

俯瞰伊贺的高台上,弥与的高殿此刻正包围在战场的喧嚣之中——用绳子绑着木头拉起来做栅栏的队伍大声喊着号子,来往送饭的女人们尖声细语说话,指挥年轻士兵锻炼的兵长厉声督促,累得筋疲力尽的士兵在熟睡中发出近乎怒吼一般的鼾声,还有后面山中传来的樵夫砍树的斧头声。

弥与自己也要接待接踵而至的使者和兵长,差不多没有半点休息时间。她本来算是已经习惯了以巫王的不怒自威使人臣服,但却从未像现在这样不断下达合适的谕旨。虽然大部分时间耳垂上的勾玉都会教自己如何回答,但精神还是非常疲惫,说话也说得很累。

趁着眼下没有人来访的短暂时间,弥与屏退奴婢,瘫坐下来,低声抱怨:

"累死了,腿都不像自己的了。"

"身体不舒服? 帮你诊断一下?"

透过勾玉,卡蒂的声音说。

"您这是在扮演药师吗?"弥与反唇相讥,然后摇了摇头,"要说累,精神比身体更累。放到两个月之前,我完全没想过会变成现在这个情况。简直就像做噩梦一样。"

"振奋一点,这可不是梦,是在你的国家、在你自己身上发生的事,你没办法丢给别人。不过话说回来,其实我看你做得相当好了。以我的经验,更加不堪用的领导者,历史上比比皆是。"

"'不堪用'这话说得还真难听。"

"请不要闹情绪。O对你的评价很高。"

弥与听到这话,沉默了一会儿,然后不禁对自己这样的表现皱起了眉。

这真的是自己的国家、自己的事情吗?本来正是为了从这些束缚中逃脱出来才和《使令》之王联手的,没想到回过神来才发现,自己摊上了这么多劳心费神的事。真是失败。

乱象早一天结束也是好的啊。

正在漫无边际地胡思乱想的时候,阵门的方向忽然传来了欢呼声。紧接着,身材高大的《使令》之王从门口钻进来,在弥与前面扑通一声坐下去。

"损失了足足四十名手下!说了不要着急,还是没能阻止年轻小子们穷追深入。哎,我该带些更有经验的士兵过去才对。"

"就尊上一个人守玉岩吗?增援没赶上?"

"赶上了,所以这才回来休息一会儿。给我点水。"

奴婢抱着水瓶过来,王没拿柄杓,直接抱着瓶子像牛一样咕噜咕噜猛喝了一阵,然后站起身来说:

"去瞭望台。"

"要走了吗?"

"不是,你也一起去吧。给你看看局势。"

登上建在山顶的瞭望台，王伸出手臂，指向伊贺的正中一带。

"能看到那边的河岸。"

"哪里……那个闪光的地方吗？"

"对。"

"像鱼鳞一样。"

河流两岸排列着无数闪烁蓝光的小板块。虽然看起来很小，但考虑到相隔的距离，一块板也有一个成人的体格那么大吧。在初夏静谧的田园风景中，那些覆盖了许多水田的板块，看上去像皮肤上出现的疥癣一样，让人心里瘆得慌。

"那是ET修建的太阳能发电板。"

"什么？"

"你就当成是怪物的水田。它们靠那东西填肚子。东海方面怎么样我不知道，至少在这儿应该没有别的办法填饱它们的肚子。只要干掉那些太阳能板，伊贺的怪物就撑不住了。"

"那就干掉啊。"

"单靠我一个人可不行。这一眼望去就已经超过两千块了，而且还在以很快的速度增加。至少要五百名士卒。不过国境的防备也需要人手，腾不出那么多人来。等这边的防务整备充分之后，再去干掉那些玩意儿。这是当下的目标。"

"干掉之后，前面的柘植关就稳固了吗？"

"不，可不能停在柘植关。要越过关卡，不断进攻，直到捣毁怪物的巢穴为止都不能休息。和怪物打仗可不像与人交手，不能适可而止。那些东西只要还有一口气在，就会不停地增殖、不断地进攻。"

"真是麻烦……"

弥与叹了一口气。王的表情依旧严肃无比。他说了一声"跟我来"，就走下了瞭望台。

这一次的方向是阵地尽头。走过平伏在地的士兵和百姓，两个人来到一处熔化的蓝白色金属堆成的小山。那是猴子们的尸体。

王伸手拿起一块碎片，给皱着眉的弥与看。

"这些猴子现在是用锌做的。锌是这种金属的名字。"

王唤来附近的兵长，把碎片递给他说："把它敲碎。"兵长把碎片放在地上用石头敲击，那碎片一敲即碎。

"看到了吧，锌还很怕火。猴子们也是得不到别的金属，只能用这个。"

"两白山地有锌矿的大矿脉。"

"对，就是因为这个，怪物才选择那一带修建据点。我们从历史中已经知道地球上的矿脉位置，而它们只能靠自己的力量探矿。这一点对我们有利。"

"也就是说，怪物出乎意料地弱？"

弥与这么一问，王却微微摇了摇头。

"只能说现在还比较弱。一旦它们发现了矿脉，哪怕不建设大规模的冶矿设备，它们的身体内部也能直接从矿石中摄取必需的金属，所以绝不能让它们到达矿脉。现在我们挡在西日本，让它们到不了出云，这多少算是运气，但在东日本——东夷之地，也有巨大的矿脉……一旦到达釜石，ET个体的战斗力就会飞跃提升。"

在弥与听来，那令人毛骨悚然的预言像是从某个遥远的地方传来的一样。地名也好、因为材质而导致的战斗力差异之类的解释也好，都超出了她的理解能力。弥与满心焦躁，却又有一种奇妙的疏离感。

"即使没到釜石，近处的秩父和小坂等地也有小规模的铁矿。其他矿脉也不是完全没有铁……总而言之，时间拖得越长越不利。我们必须全力以赴，歼灭敌人。"

"嗯……"

返回高殿的路上，弥与一直在努力理解王的话。必须彻底消灭怪物……哪怕只剩一口气怪物都会杀过来……既然能消灭，就是说，它们并不是妖魔鬼怪。倭国之民自古以来都在和风水雷电诸神战斗，不过这些怪物显然与循环往复的日月四季不同，也不同于产下卵豸、生生不息的兽虫。它们是异者，有意志的异者，外来的异者。弥与感到自己越来越无法理解敌人是谁了。

"王啊，那些怪物到底是什么东西？"

弥与停下脚步问。王转回头，眼神仿佛在看自己的女儿。

"这个问题很好……不过知道得越多越得不到幸福。"

"这样说来，尊上没有幸福了吗？"

王移开了视线，喃喃道：

"这个……"

"《使令》之王……"

眼前这名男子知晓天地间所有的一切，然而自己却对他的生平一无所知——弥与突然间生出一股愤懑。说来自己还是和他同舟共济的人，就不能对自己多说一些吗？

不过，弥与的愤懑被高亢的叫声打断了：

"弥与殿下！弥与殿下在哪里？！"

"在这里，甘！"

弥与举手示意。少年飞奔而来，喘息不止。他向站在一旁的王匆忙施了一礼，简单到近乎无礼，随后拜倒在弥与前面。

"邪马台宫遣使来报，说石上出现了一群怪物，正在袭击人畜！"

石上距离宫殿北面不过二十余里。可说是近在咫尺。

"什么？"

弥与惊呼一声，转身面向王。她看见王微微皱了皱眉。

"王,卡蒂,你们事先没能察觉?"

"嗯。"

王并没有显得如何吃惊,似乎事态的发展并未出乎他的意料。

弥与顾不得追问,转回头向甘下令:

"火速召唤鹰早矢。他知道这消息了吗?"

"还没有。现在士兵正在找他。"

"哎呀,没时间召他过来慢慢说了。直接把情况传达给他,说我回宫了,让他同行。"

"哦? 殿下要亲自去打怪物吗?"王问。

"至少尊上不能离开这儿!"

弥与抢白了《使令》之王一句。当然,她并没有想自己亲自上阵指挥,只是有一股"总之先回去再说"的强烈焦虑感驱使着她。

《使令》之王并没有阻拦,仅仅点点头,说了一句:"的确如此。"

甘找鹰早矢去了。弥与一边呼唤奴婢,一边匆忙往回走。她满心焦虑。邪马台这个生养自己的土地也会像伊贺一样燃起战火吗? 弥与要尽力阻止这样的惨剧发生。

弥与以前从没有如此怨恨过自己不能骑马。她焦急万分,反复催促抬舆辇的生口。她带着鹰早矢挑选的一百名士兵日夜兼程,即便如此,也用了一天半的时间。

越过最后一座山峰,黎明时分来到矶城的原野,熟悉的景色顿时映入眼帘。前方田间有座小山,像是倒扣过来的杯子。山上树木丛生,那就是耳成山。山的左边是连绵到吉野群山的天香具山。说起来,弥与还是第一次离开这里。

不过此刻没有时间感慨。北面的天空升起几道烟柱,那是敌人吗? 不对,现在正是炊烟袅袅的时刻。别处也能看见炊烟。弄不清到底什么状况。

"请求派遣探子打探。"

舆辇外传来鹰早矢的声音。弥与正要说"准",勾玉小声说：

"你到了？敌人在西面二十五里。四十多只,都是步行型。"

"看到了？"

"信蜂赶到了。"

弥与并没有看到卡蒂的信蜂,不过此刻顾不得这些。弥与透过竹帘厉声说：

"不必派探子。敌在耳成山。"

"啊……"

"先去宫里与伊支马会合。"

兵长迅速传令下去,没有问为什么。弥与听着外面的动静,心中盘算：这些人很可靠,《使令》之王教会了他们如何与怪物战斗,但是单单一百名士兵,还不足以讨伐四十只怪物。还要更多人手。

没见过怪物的宫中士兵能堪大用吗？

生口们奋起最后的力气飞速前进,将舆辇运进环壕包围的宫里。万幸的是ET似乎还没来到这里,但一过城栅,就知道宫中已经是束手待毙了：不论男女老少都是行色匆匆,纷纷把衣服米罐之类的往外搬。

弥与不禁挑起竹帘探出头来大喝道：

"这是在干什么?!"

前庭的人全都停了下来。在邪马台,只有一个女人能对旁人下令。百姓们看到女王归来,全都慌慌张张平伏在地。

宫殿里跑出来一个消瘦的男子,跪倒在舆辇前,不知道该抬头还是垂首,半低着头看着甘说：

"尊上平安归来,实乃弥马升之幸,万民之幸。当此危急之刻如何逃脱,还请尊上卜一良卦,指示一二……"

"现在哪有时间占卜？抬起头来!"

弥马升惊得一跳，眼睛眨个不停，就像受惊的兔子一样。他并不知道弥与在伊贺经历了多少事情，难怪如此吃惊。然而此刻没时间一一解释，弥与紧接着问：

"这是在干什么，准备逃吗？"

"啊，这……尊上说得太直接了。"

"都没有交手就逃，这算什么？为什么不做迎击的准备？"

"战备之事由伊支马大人一手负责。"

"伊支马在哪里?!"

"一……一早领兵出发了。"

"去了哪儿?! 多少人马?! 拿了什么武器?!"

"臣弥马升自清晨开始就在收拾宫中，故而……"

"什么收拾！难道不是应该先整顿宫殿周围的防备才对吗?! 你这……"

弥与真想痛骂他一顿，但那些污秽之词她实在说不出口。没办法，弥与只得抑制情绪，下令道：

"将宫中所有士兵集中起来，女人烤饼，孩子拾柴，都不准逃跑，准备去讨伐怪物！"

"尊上？"

弥与见弥马升不堪大用，直接招呼兵司招拢手下，然而看到集中过来的人，她的脸色不禁又是一沉。这些人勉强算是身上有甲、手中有剑，但都是些老弱残兵，一看就没有气势。可主力都送去了伊贺，剩下的人马又被伊支马带走了，还真是没办法。

带鹰早矢过来果然正确，弥与想。她唤他过来问：

"隼人鹰早矢，这些人马能讨伐四十只猴子吗？"

"有点危险啊。"打量着总计三百的老弱残兵，来自球磨袭的武将摸着下巴说，"没有打槌，只有刀枪，野战不好打啊。"

"去救援伊支马呢？"

102

"啊,那倒是可以。"

球磨袭国送鹰早矢来这里,有一层意思也是作为保障同盟的人质。不过来了之后,伊支马赏赐他稻粟、生口,殷勤款待,鹰早矢此时似乎想起了这份恩德。他打起精神,掩饰昨晚一夜没合眼的疲惫,以干脆的语气开始下达出兵的命令。

喧哗声中,西面的瞭望台传来竹法螺的声音:

"耳成山起火了!"

弥与探头向那边望去,只见耳成山方向升起浓浓的烟雾,明显不是炊烟。弥与立刻询问勾玉:

"敌人在耳成山?"

"似乎是附近的住民逃进去了。"

这个回答稍微有点答非所问,但弥与立刻明白了其中的意思,同时不禁打了个寒战:

"敌人在烧山?!"

勾玉没有回答。弥与转头叫道:

"鹰早矢,准备好了就出发!"

鹰早矢挥了挥手作为回答。

一行人匆匆出发,只在宫里拿了粟饼和干肉作为早饭,边走边吃。耳成山距离缠向仅仅六里地,转眼就到。过了宫殿的环壕,便能看见往西流的河。骑行在舆辇旁边的鹰早矢伸手遥指道:

"不能去那儿,要是敌人突然杀出来就糟了。"

"有埋伏?"

"这一带视野开阔,就算有埋伏……"

说到一半,鹰早矢像是想起了什么,掉转马头向后面的粮队奔去,不久之后又纵马回来说:

"我有个计策,虽然有点危险,但说不定能成功。派些人做诱饵,怪物们会上当吧。"

"派人做诱饵吗?"听到这话,弥与稍稍想了想,"隼人士卒都做伏兵,做诱饵的另找他人。"

"找谁?"

"找我。舆辇足够显眼。"

听到这话,鹰早矢瞪大了眼睛,不过并没有阻止。

"也好。尊上小心。"

进一步讨论细节后,弥与决定将舆辇放到前面,只带十名随从,由河与水田之间的土路继续向前。暑气炎炎,弥与索性挑开了四面的竹帘。同行的甘神色紧张地不停偷眼打量。

像是被随意丢在水田里的倒扣的杯子一样的耳成山近在眼前,已经可以看见在山脚处游荡的猴子身影。不知是不是风向转变的缘故,烧焦的气味隐隐传来,伴随着那气味的还有细弱的哀号声。弥与吃了一惊,那声音是从山中到处熊熊燃烧的火焰里传来的。

有多少人在逃命啊? 当下时节插秧已经结束,水田里满是茂密青葱的水稻,然而周围一个人也没有。放在平时,这时候周围应该都是除草追肥的百姓,还有光着屁股在田垄里来回奔跑的孩童才对——弥与忽然注意到目光所及之处都是散落的红色肉块:那是人的尸骸。

"该死的怪物!"

就在弥与把牙咬得咯吱作响的时候,甘压低声音说:

"弥与殿下,猴子看到我们了。"

距离最近的怪物停了下来,转向弥与一行人。不到两百步。弥与压低声音吩咐:

"还不够。来得越多越好。生口们,不要怕!"

弥与激励抬舆辇的生口,然后跪在舆辇的板子上,用力顶开舆辇的顶棚,拆下四角的柱子扔掉。

她迎着阳光笔直站起,看见耳成山顶上突出的平台,只见那上面有些豆粒般大小的人影。弥与手搭凉棚张望,那里似乎有人在挥舞手臂,偶尔又有金属闪光,看起来应该是士卒。

——高日子根?!

伊支马出兵除怪,结果没能成功,反而自己也被逼上了山顶吗?他的周围聚集着大批百姓,眼前则是熊熊大火。呼喊声隐约可闻。

"弥与殿下!"

弥与回过神来,才发现舆辇距离山脚只有百步之遥了。怪物们都游荡在山脚下,可能是因为它们自己也怕火,无法登山。此时它们全都看着弥与的队伍,足有二十多只。

弥与举起竹法螺,深深吸了一口气,用尽全力吹响。

仿佛巨大野兽吠叫的声音回荡在原野。

"来了!"

猴子们长长的手臂垂到地上,四肢着地奔跑起来。甘拔出剑。

就在此时,舆辇突然猛烈摇晃着摔在地上。

"哎!"

一个生口一溜烟地逃了。像是受到召唤似的,其他担夫也纷纷扔下舆辇逃了开去。弥与被扔到了水田里,不禁怒不可遏——

不争气的东西!

等到赶上来的士卒和甘把弥与扶起来的时候,猴子们已经迫近了。弥与带着众人一起奔跑。猴子们没有沿田垄追,而是哗啦哗啦蹚着水在田里飞奔。当头的猴子高高挥起大镰。

"尊上!小心!"

士卒们组成人墙拦在后面。弥与不禁停下脚步。甘却猛推了她的后背一把,那力道像是要把她直撞出去一般。

"快走!"

弥与飞奔出去。临死不惧的士卒们发自丹田的怒吼震撼着她的后背。弥与自问他们都是谁的时候,才发现连他们的名字都不知道。生口也好,士卒也好,一直以来自己都把他们当成野兽或者物品。真是太傻了。这些人里既有惜命逃跑的,也有以血肉之躯守护自己的。他们都是活生生的人啊。

自己明明只是弥与而已。

杀戮的声音很短。就在这短短的时间里,弥与等人跑出了五十步。脚步声再度迫近。数十道沉重的踏水声。

"弥与殿下!"

"不行!"

弥与死死拉住要转身回去的甘的手臂。她不想再有什么人为自己而死了。两个人就这么纠缠在一起继续奔跑。喉咙堵塞,心脏猛跳,眼睛发黑,视线模糊。

前方一个拉足了弓的男子身影映入眼帘。

"尊上,快!"

飞身跳入最后一块水田的时候,弥与感到背后扑上来一股飓风。她不禁回头去看,只见眼前是一张巨大的怪物的脸。

紧接着的刹那,鹰早矢的强弓嗖的一声,粗大的箭支插入猴子的头颅。怪物一个跟头摔在泥里。

穿过黏滑的水田跳上田垄,鹰早矢下令:

"点火!"

燧石的清脆响声此起彼伏。摔在地上向前爬了几步的弥与扭头去看,只见水田化作了火海——事先洒了许多油。跳在里面的猴子们发疯一样扭动,却无法逃开。弥与记起王对自己说过的话:怪物怕热,对热敏感,一旦被热浪包围就无法动弹了。

但是近半数的猴子在进入水田之前就停住了。它们绕开火焰

继续进逼。看到怪物分散,鹰早矢大喝一声:

"杀!"

隼人们呐喊着从河堤下面杀将出来。猴子们迅速转变方向,挥舞大镰,当场砍杀了五六人。隼人们没有半分畏惧,围住猴子砍杀,甚至用身子把它们撞进火里。邪马台官的老弱残兵起初虽然胆战心惊,但看到这一幕,也深受鼓舞,一个个奋不顾身,加入战斗。

胜负已定——烧烂的猴子尸体堆在火势逐渐减弱的田里,田垄上也满是尸体。

鹰早矢检点完毕,向弥与报告说:

"杀了二十二只。"

"干得好。"

"还要尽早把剩余的怪物尽数诛灭。"

这一战歼灭的只是耳成山这一侧的怪物,另一边还剩一半。想起这一点,弥与刚站起身,忽然听见有人喊:

"看那边!"

只见山脚旌旗招展,却不是邪马台的旗号,而是细长的旗帜,正向这里涌来。

簇拥着旗帜而来的人马足有数百——不,足有千余。弥与等人不禁目瞪口呆。

骑马的先锋终于来到近前,在弥与面前勒马问道:

"你们是邪马台的人? 杀了怪物?"

弥与感到此时需要保持女王的威仪,向甘使个眼色。甘上前一步,喝道:

"此乃邪马台女王卑弥呼殿下。你们是什么人?"

"原来是女王!"

士兵飞身下马拜倒在地。

"启禀殿下，臣乃奴国二之官夷守。因《使令》，遵一之官凶马觚之命，领人马一千二百，来此相助讨伐怪物。"

"奴国……"

弥与不禁喃喃应了一声。之前借助各国官员向各国传播战斗的消息，现在终于显出成果了。

"我们在山对面诛杀了二十只怪物，又相助了邪马台的伊支马大人。"

"啊，伊支马大人平安无事吗？"

鹰早矢喜形于色。夷守点点头。

过不多时，由奴国人马守护而来的高日子根跪倒在弥与面前。他的衣服撕裂，肩膀也划开一道血口，显然是一路激战的结果。他嘶哑着声音说：

"女王亲自出马，伊支马感激涕零……"

"好了，你为守护国民而战，更是辛苦。"

弥与直接发话，高日子根不禁抬起头，不过又立刻伏了下去。弥与瞥见他脸上似乎带着淡淡的苦涩。

附近的村邑传来欢呼声。甘张望了片刻，向弥与低语：

"好像是在庆祝得救。看，跳得那么开心。"

弥与循声望去。只见女孩子们抱在一起又跳又笑，正在庆祝死里逃生。

时隔两个月，弥与再度回到宫中。夜营军队的喧嚣声隐隐传来。

投马国的三千人马，在奴国军队到达的同一天的傍晚时分抵达。听他们说，接下来从其他国家还会不断有军队和粮草前来。

听着远处的喧嚣，弥与面向高日子根而坐。

伊支马脸色阴暗，这恐怕不仅是两边墙壁上灯盏光线不足的

缘故。微微垂首的男子眼眶下面蒙着一层阴霾,他唇边的胡须动了动,漏出低沉的声音:

"女王……"

"叫我卑弥呼就行了。将我从村邑掳来的时候,你不是喊我小丫头吗? 那是什么时候的事了?"

高日子根刻意无视弥与的忆旧,膝行而进。

"那么,请问卑弥呼殿下,您真打算就这么率领他国的军队吗?"

"只有如此,不是吗? 诸国士卒还不知道《使令》之王的威德,彼此语言又各不相通。"

"此等俗事,能否交给我伊支马?"高日子根礼节性地拜了一拜,"卑弥呼殿下应当坐镇宫中,安抚庶民,主持祭祀。作战乃是男子之务。殿下贵体若有闪失,我等万死难辞其罪。"

"不要口是心非。你这是看到军队的数量,感到根基不稳了吧? 我若是率领大军,不单能提升威望,而且只要我愿意,也能对国阁白刃相向……"

说到这里,弥与轻轻一笑,语带讽刺地说:

"你以为我想的就是这个? 到了现在,你还想把巫王攥在手里吗? 我的想法你也知道的吧。"

"……那也是。"伊支马的脸上瞬间闪过一丝苦笑,"你确实不在乎卑弥呼这个称号……"

只有这一点两个人是相互理解的,弥与想。这个人的性格如今自己已经非常了解,而且早在第一次见到他的时候,就已经看出了端倪。

那是自己刚刚十岁的时候……弥与和同龄的玩伴们正在河里一同抓泥鳅,忽然一匹马疾驰而来,飞沫四溅。那时候还没有长出胡须的高日子根,向周围的孩子们询问谁是弥与,然后向她投来锐利的目光。他对她说的第一句话就很过分：

"小丫头，你是处女吗?"

弥与哑口无言。高日子根朝周围的孩子望去，粗鲁地问：

"你们这帮小子里头，没人和这丫头睡过吧?"

弥与周围也有十一二岁出嫁的姑娘，不过邪马台并没有随意交媾的淫荡习俗，因此高日子根的这一问可以说甚是无礼。但大家迫于他的威吓，都垂下眼帘装作不知。

不幸的是，现场的沉默被当成了对问题的肯定。高日子根猛然伸手抱起弥与，高声放言：

"国阁占卜这姑娘将为巫王。小子们，回去告诉她父母，弥与要做邪马台之王!"

事情就这样成了。弥与在剧烈摇晃的马鞍上放声大哭，但还是硬生生被拖去了宫里。从此以后，她再没有见过做邑长的父母。据说，他们不久就去世了。

幽禁日复一日。每天都有年老的前任弥马升来教弥与宫中的诸般规矩，不然就是唯命是从地进行占卜。高日子根因找到弥与有功，得到了伊支马的官位，从此得以假卑弥呼之名恣意左右政事。弥与虽然过着衣食无忧的日子，但身边都是只知道对高日子根卑躬屈膝的奴婢，常常一连数天都不得踏出房门一步。

如果说高日子根有什么失策的地方，大约就是看错了弥与实际上具备怎样的素质吧。

伴随年龄的增长，弥与越来越难对付，常常搞些让人头疼的恶作剧。奴婢们则是秉承多一事不如少一事的原则，只要高日子根没有下令禁止，也就随弥与去闹。不肯吃饭、捅破房顶、扔掉祭器，等等，都随她去做。当然，这些恶作剧做过一次就会被禁止，不过下一回弥与又会发挥聪明才智，想出新的恶作剧——这实际上也锻炼了她的智慧和胆量。

不过,等到她年届十五的时候,就不再搞什么恶作剧了。因为她终于明白,要和周围阴险的人打交道,与其一意孤行,不如妥协折中。学会找替身以便自己微服外出,以及招来甘做自己的贴身近侍,都是她在这时候学到的手腕。而且,这么长时间和国阁交手下来,弥与逐渐知道哪些事做了他们不会在意。要点只有一个:只要自己演好巫王的角色,不要让其权威有所损伤就行了。

不过,弥与认真扮演巫王角色的最大原因,还是因为她看穿了高日子根的真正想法。月事初潮之后,她的乳房和臀部都开始发育,头发与个子都在生长。高日子根没事找事进入内宫的次数也多了起来,视线也常常停留在弥与身上,她不由得想起当初第一次见面时他问自己的问题。

高日子根在将弥与供奉为巫王的同时,也想要纳她为室。

为了保护自己,弥与的对策是给自己加上巫王的权威。自己的地位越高,高日子根应该越不敢轻举妄动。

到目前为止,这个办法多少还能克制住他。

高日子根对此也是心知肚明。如果要强行满足自己的欲望,搞不好连现在的地位都会丧失——这一点他很清楚。

“卑弥呼殿下……”

摇曳的火光下,高日子根又向前膝行几步,和弥与是几乎触手可及的距离。弥与全身紧绷,压抑着想要向后纵身跳跃的冲动,断喝道:

“休得靠近! 汝乃妾身之弟。”

“当然……”

“而且你已经有三位夫人了。留下她们出战,想必很寂寞吧。”

弥与巧妙地转换话题,同时严厉地瞪着高日子根。这个年近五十的男人,正把自己并不瘦小的身子卑恭地弯曲着拜伏在地,但他并不蠢——不但不蠢,而且比任何人都精于算计。弥与提醒自

己借助这一点,然后再度开口说:

"高日子根,你看,战事其实都掌握在你信任的鹰早矢手里。这些日子我冷眼旁观,也能看出他是个十分忠诚的人。放心交给他吧。反过来说,政事没有你可不行。眼下这个时候,没有壮丁护田,也委实艰难,非你不能当此重任……你看呢?"

高日子根抬头盯着弥与,眼睛眨了几下,似乎脑中正在进行无比复杂的计算。

过了一会儿,高日子根叩首道:

"卑弥呼所言极是。臣适才之请愚不可及。"

高日子根一退下,弥与立刻疲惫不堪,但看到跟在捧膳而入的奴婢身后的甘,她不禁觉得,单是他的出现就足以将高殿的晦气一扫而清。

弥与留下甘一个人服侍自己用膳,一边吃一边回想刚才的交锋。真是白白浪费时间。眼下最急迫的乃是如何分配资源、如何打倒怪物,可是为了消除高日子根心中的疑虑,又不得不费口舌安抚……

"弥与殿下累了吗? 脸……"

"我的脸怎么了? 你才是连白天的泥巴还没擦干净啊。"

甘慌忙抬手擦脸。弥与笑着说:"骗你的。"然后伸手夹起烤鹿肉。高日子根的事就这样吧,不去想最好。相比之下,还有更奇怪的事情:为什么突然间诸国会派兵来助呢?

与倭国并立的诸国怎么会如此轻易地相信怪物的存在、《使令》之王的存在呢? 长久以来仅仅是一纸文书的《使令》为什么突然这么有用了呢? 诸国之所以派来援军,是因为他们要给自己全力协助吗? 弥与虽然没有什么实权,但也能猜到诸国首脑的打算。邪马台国既然有了飞来横祸,不如借援军之名,趁机吞并邪马台国,由自己来做倭国的新王——存有这种想法的人,恐怕两只手都数不过来吧。

但也不对……这个动机对他们来说还不够强。不管哪个国家，要派出一两千的人马，对于国库都是很大的负担，而且夺权就意味着要与其他数十个国家为敌，不可能轻易得手。这样说来，除了借援助之名争夺霸权的私欲之外，难道还有别的什么原因吗？

……忽然间，弥与心中升起一个可怕的疑问。她伸手触摸勾玉，手指禁不住微微颤抖。

"卡蒂……在吗？"

"嗯。"

卡蒂的声音带着奇怪的轻快。弥与装作一无所知地问：

"四十多只怪物倒是很合适啊，既不会造成太大的破坏，又足以激励士卒奋战。"

卡蒂的回答远远超出弥与的预想：

"你终于能够理解O了。"

"……什么意思？"

弥与打了一个寒战。卡蒂的语气无比冷静，就像在谈论某个不认识的人物一样。

"你的脑子还不错。这一次向邪马台送入ET的是我。这种办法就像王拿弱小的怪物给士兵练手一样，首先让他们接触小股敌军，提升他们的士气。换句话说，就是注射血清，使之获得免疫力。实际上，各地诸王国中我也在做同样的事。没想到竟然被你发现了……总之这一做法O也知道。为了最大限度地召集兵力，有时候必须用些计策，这是我们得到的教训之一。我们是在利用你们，目的则是为了守护你们和人类。"

"你是说，这也是《使令》之王的意思吗？如果是真的，我接受不了！"

弥与大叫起来。甘吓了一跳，抬起头。

"弥与殿下?"

"你别说话!卡蒂,你在听吗?"

"你误会了。O虽然在用这种手段,但他并不是自愿这么做的——实际上还带着深深的心痛。过去的教训太多了。所以他不得不用尽手段去欺骗、去利用、去牺牲。他离开故乡时所抱有的悔恨依然强烈:'在那时候,如果放弃任务和她远走高飞就好了。'"

《使令》之王的……悔恨?仅是想象一下,弥与就有一种大脑骤然清空的感觉。

卡蒂忽然发出自嘲般的笑声:

"我是卡蒂·萨克,惑乱之魔女。我高举军旗,将人类导向最快的胜利。我借助一切可以借助的东西,利用一切可以利用的资源;以时之风吹散一切,以时之砂掩埋一切。站在所有人之前承受这一切的,便是那个名叫O的男子。我也希望能有哪个女子替他分担,然而十万年间,一个这样的女子都没有。"

"弥与殿下!"

弥与感到自己的肩膀被人摇晃了几下,恢复了神志。少年甘一只手拿着水杯,正担心地看着弥与。

"殿下的脸色很不好,要不要稍微躺一下……"

甘很温柔,也很忠实。为了弥与,他连生命都可以舍弃。弥与不忍、不敢、不能失去他。

弥与猛然抱住甘。

"弥……弥与殿下?"

甘的身体一下子变得无比僵硬,水杯也跌落在地上。

不过,弥与没有抱他太长时间。她推开他,站起身。仍在发呆的甘怔怔地问了一句:"殿下去哪儿?"

"我想一个人静一会儿。"

弥与登上一座瞭望台,让士卒都下去。不远处军团宿营地中的灯火将邪马台的宫殿照得犹如祭典时一般。军团对面,月光下的水田一望无际。

此时此刻,弥与强烈地感觉到自己正是万民之主。这里的一切都听命于自己;反过来说,自己也对这里怀着强烈的感情。邪马台的山川河海、官奴军民,有名的、无名的所有的一切,都是自己要去守护、要去珍惜的东西。只有遭受侵略的时候,才知道这一切的一切是何等珍贵。

只有领悟到这一切,才更……不,不是的。应该是终于领悟到这一切之后,才真正感受到责任的沉重。弥与不禁生出一股无言的恐惧,恐惧自己到底能够做到什么。

放眼向东。黑暗笼罩着笠置群山。就在群山的那一侧,有一个男子,正感受着和自己同样的……不,是数倍、数十倍于自己的沉重。

"《使令》之王……你究竟承受了多少无法承受的事啊……"

弥与忽然很想和他说话。

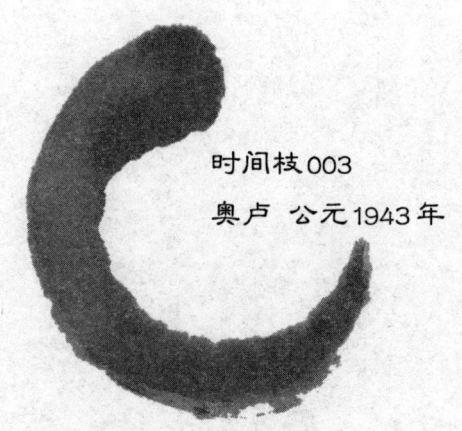

时间枝003

奥卢 公元1943年

　　芬兰,奥卢市。覆满永冻土的大地上响起了飞机引擎的轰鸣,涂有铁十字标记的俯冲轰炸机和涂有镰刀与锤头标记的对地攻击机纷纷起飞,一边盘旋一边组队,四架、八架合在一起,形成十六架编队之后,向西北方向飞去。

　　在上方随行的是护航战斗机,像要盖住下面的编队一样。美利坚合众国陆军航空队无涂装的银色P-51,涂着白色冬季迷彩的德意志第三帝国空军的Bf-109,还有耀眼的红绿白三色尾翼的意大利王国空军的MC-202。虽然明令过不要涂上国籍标记,但显然都以各种借口被无视了。

　　总计超过五百架的飞机大编队,其目标是位于西北方的ET最后据点:著名的基律纳大矿山。此时此刻,欧洲十二国联合陆军也正朝那个地方挺进。能将曾经一度席卷欧洲的ET逼入现在这种绝境,显然是人类的巨大成功——虽然这个满是森林与湖泊的小国也和正史中一样,在战争中饱受蹂躏。

　　北半球的ET差不多收拾干净了,只有南半球的南非和澳大利亚还有ET的据点残留,但也正受到英国舰队和驻留印度尼西亚的法国军队的猛烈攻击。

　　这就是信使们选择的第三战场,人类历史上最大的战争。这不单是为了保存人类的战斗力,强化此后的人类历史。一旦ET探测到信使进行了时间溯行,必然会随后跟踪而来。为了迎击它们,选择这个人类历史上战意最高的时代,显然再合适不过了。

于1940年前后出现的信使们采取一切手段开展迎击ET的准备,从与各国首脑的密谈,到民众层面的舆论操纵,无所不用其极。这些准备在随后与ET的作战中发挥出了巨大的作用。

显然,最多再有一年时间,前所未有的胜利就将牢牢掌握在人类手中。

然而,奥威尔的内心依然感觉很失落。

成为军事重镇的波罗的海深处某小镇,奥威尔的办公室中传来位于华盛顿的战友昆奇的声音:

"奥威尔,抱歉,有个坏消息。"

"怎么了?"

"航母只有四艘。"

"美国政府不是承诺出动六艘吗?"

"嗯。但是其中两艘去了南亚。"

奥威尔皱起了眉头。从奥卢飞往基律纳的攻击机大多没有足够的燃料,所以按计划需要派遣航母赶去挪威外海,好让这些攻击机降落。本来六艘航母都很吃力,现在还少了两艘⋯⋯只能让先着陆的飞机赶紧补充燃料随后立即起飞吧。可是,对于原本就不是舰载机类型的德国和苏联飞机来说,能不能从航母上直接起飞,奥威尔完全没有把握。

"美国人到底为什么这么干? 攻击机编队里明明也有美国飞机啊!"

"野马的续航能力很强,不需要中途加油⋯⋯白宫有自己的小算盘。分航母去南亚的目的好像是打算从英军手里抢些好处。"

"惹怒了丘吉尔对他们有什么好处?"

"据柏林的战友埃克调查,罗斯福和希特勒之间好像有什么秘密协议。他们似乎正在加强联系，为战后做准备。我们封锁奥斯威辛的事儿，算是和他们结仇了。"

奥威尔叹了一口气。

每次都是这样——信使一方力陈是非、百般打动，好歹算是把人类勉强集合在了一起；然而与表面上的其乐融融相悖的是，如今这个时代正在发生的对立似乎比正史更加黑暗和深刻。

这也是无可奈何的吧，奥威尔想。正史中之所以爆发战争，是长期以来政治经济不稳定的必然结果。而如今这个时代，虽然对ET的战争纾解了一定的紧张，但社会问题依旧没有解决，甚至还积聚了更多的挫折感。

卡蒂·萨克很早以前就开始不断推荐征服人类的选项。如果这一选择的胜算能有五分——不，哪怕只有四分胜算，信使们早就动手了。然而这个时代的信使没有那么多资源，只得放弃这个打算。从22世纪送来这里的信使的战斗力，还不及当初的二十分之一。

不过，奥威尔一边走向奥卢市的联合空军司令部大楼，一边心中暗想：不是还有很多来自别的时间的战友吗？虽说不是同一故乡的同胞，但不是也可以借助他们的力量，采取果断的行动吗？

想到这里，奥威尔询问总管知性体：

"卡蒂，方便吗？"

"什么事？不要说太长就行。"

"有棘手的事？"

"嗯，没有先例的行动，同时还在考虑对不合作的人类采取强制措施。"

"那就算了。"

卡蒂·萨克的回答中带有怪异的时间延迟。那是由于光速的限制而产生的。此时此刻，她的硬件——也就是她的旗舰——正在月球。22世纪的ET还活着,而且似乎在向月球进行时间溯行,在那里建设某种攻击武器。卡蒂正忙于解决这个问题。奥威尔放弃了对话。

北欧联合空军司令部由派出飞机的四个国家的司令官和其他许多支援国家的将校组成。奥威尔把航母数量不足的事情对他们一说,将军们一个个都显出异常沉重的表情。讽刺的是,连美军司令也对这个消息大为震惊,似乎他们没有从本国得到任何消息。不过对于此刻的奥威尔来说,这根本算不上安慰。

不出所料,短短的沉默之后便是激烈的争吵。苏联和意大利的将官指责美国,美军司令官则搬出他们从不列颠群岛出发进行长距离轰炸的事实,声言义务均等。德国将校不知是不是知道了上层的秘密协议,装出冷静仲裁的模样,不动声色地帮助美国人。连作为观察员列席的法兰西和西班牙武官都开始插嘴,事态一发不可收拾。

"都给我闭嘴!现在是狗咬狗的时候吗?!"

奥威尔敲着桌子大叫,饱含敌意的视线顿时集中到他身上,好像在说:"这还不是都怪你!"被苏联人和意大利人逼急了的美军司令官直接把矛头转向了他。

"你还好意思叫!你们就没有什么直接攻击的手段吗?不是说会有大批援军来的吗?那些都是骗人的宣传吗?"

奥威尔咬住嘴唇。那些确实是信使面向人类的宣传,但绝不是骗人的谎言。

别的时间枝确实不断有信使来到奥威尔他们的时代,刚才提到的那个华盛顿的信使就是其中一员。他是24世纪的人类派来这里的信使,不过在奥威尔他们的历史中并没有关于他的记录——这是因为他的诞生乃是当前这个时代的历史被改变之后的结果。

奥威尔这样的"原初信使",在1943年歼灭了ET、拯救了人类,其结果就是导致历史的改变。原本应当死亡的人类活了下来，原本要在以后才发现的技术提早出现。这些人与这些技术都会对后世产生影响，结果之一就是本来绝不可能在24世纪出现的信使成为了可能。那个时代的人类回顾自己的历史，想到20世纪的艰苦战斗，于是派遣信使回来加以援助。

从理论上说，前来援助的信使数量与战况相关。战况越好，数量越多。如果人类彻底歼灭了ET，就不会再有任何东西能够阻碍他们的发展，未来的人类便可以随心所欲地制造信使。从那一刻开始，人类便可以让信使覆盖所有的过去，将所有时间枝的防御能力提升到最强——换言之，那便是时间军的出现。那也是奥威尔他们的终极目标。

然而至今为止，时间军仍然没有出现。来到这一时代的"派生信使"都说，在他们各自的时间枝上，人类虽然都有相应的发展，但因为社会的、经济的、军事的等等原因，还未能创建可以被称作时间军的大规模信使部队。

这一事实表明，那些时间枝最终也将彻底毁灭。而且，信使们还有一个并未对人类公开的重大秘密。

从几个月之前开始，"派生信使"的支援便有减少的倾向，而且他们出发的年份也逐渐向未来转移。最近一次到来的信使来自公元2680年，那是比奥威尔这些"原初信使"更晚的时代。这一事实表明，这一时间枝上的人类，必须要等到那么晚的时候，才能制造信使。

对人类的干涉超过限度，反而会导致人类的发展延迟。这是卡蒂·萨克的解释。

超过限度为什么不好，奥威尔一直在思考。动作稍慢一点就会血本无归。老常那样的悲剧，奥威尔已经看够了。在生死存亡的危机面前，民族、国家算得了什么？活下去才是最重要的——

看着眼前这些争吵不休的军官，奥威尔不禁感到自己的想法大错特错。这些写满了不信任的丑陋的嘴脸啊……

一旦歼灭了ET，人类便立刻又分出了敌我。相互之间的敌意，犹如夜中观火般一目了然。

把争吵不休的军官们丢在身后，奥威尔走出司令部。他伫立在积雪的跑道尽头喃喃自语：

"该怎么办啊……"

"奥威尔，现在方便吗？有点事要和你说。"

"什么事？"

那带笑的声音是亚历山大发出的。通信卫星传来的数据中带有新加坡的地点标签。亚历山大作为日本军的参谋，正驻扎在被称作昭南的前线司令部。

"你催我我也没办法。装载Me163战斗机的货船已经出发了，剩余的法军怎么也不肯从阿尔及利亚撤离。"奥威尔说。

"不，不是那件事。什么动物适合做熊的手下？"

"熊？"

奥威尔皱起眉。亚历山大似乎是在含笑提问。

"熊是什么意思？苏联军？"

"喂喂，你还真不负责任啊。是你这家伙让我用熊的吧。我故事里的反面角色。"

"哦，好像是说过……"

在自己的感觉中，那是几年前的事——在日历上差不多是一百八十年后的未来——奥威尔记起自己曾经在月面飞船里和他做过短暂的交谈。倘若换成一般人，这种小事早就忘了吧。然而只要不是十分痛苦的经历，信使会永远记得。这一点很难说是幸运还是不幸。

"真的写熊了吗？"

"写了啊,熊是森林守护神一样的动物。它为什么要让树枯萎呢?"

"是不是天天守林子守烦了?"

"不,不是问你理由,只是解释我为什么要写熊。你说让什么东西做它手下比较好呢?"

"唔,螃蟹怎么样?"

想起早晨吃的芬兰菜,奥威尔随口说了一句,随后便听见亚历山大拍手的声音。

"螃蟹! 太妙了! 森林深处蠢动的赤红色甲壳类,这里头有卖点。对,螃蟹接受熊的命令,一根根树枝爬上去,把叶子一片片钳掉……唔,感觉很可怕。小虫不管怎么努力,好像也没有胜利的希望啊。"

奥威尔沉默不语。亚历山大忽然抛出了更加尖锐的问题:

"怎么样,很头痛吧?"

"嗯,局面极其困难。"

"我也一样。完全不知道怎么才能取胜。"

奥威尔突然生出一种不祥的预感,问:

"ET有新动向?"

"你知道了?"

"我什么都不知道……你的童话总感觉和现实……行了,告诉我吧,出了什么事?"

"唔,是这样。"

通信卫星传来的图像插入奥威尔的视野。那是标有网格的黑白航空照片。乱石嶙峋的荒芜山地上,出现了白色的小小穹顶。从比例上看,直径大约五米。

亚历山大说:

"这是派去东南亚山中的百式司令部侦察机拍摄的照片。"

好像是ET的东西,不过以前从没见过。奥威尔低声说:

"不像是繁殖巢。没有舱盖,没有动力源。这是什么?"

"我也觉得奇怪,所以派了信蜂去拍摄多维照片。你看——"

亚历山大的声音里充满了得意,送来了第二幅图片。模拟色阶图。以穹顶为中心的同心圆一层层铺展开,直径足有穹顶的百倍。奥威尔惊愕不已。

"地热分布。穹顶的根一直伸到地下五十千米吸收热能。由此获得的能量是繁殖所需的四百到五百倍。仅靠这种能量,没有反质子的它们也能进行时间溯行了。"

"用核弹吧。"焦躁不安的奥威尔说,"立刻从佩内明德①空运给你们。运到新加坡可以吧?"

"别急别急,单单这样也就没什么好玩儿的了。附送一个珍藏的秘密给你。这个溯行发射井只是其中一个,剩下的一百三十九个全都空了。"

奥威尔感到一阵天旋地转,后背靠在大楼的墙壁上。

"而且这还只是南半球哦。我想你们那边也拍了不少航空照片,不妨重新看一遍。虽然没什么意义。"

亚历山大仍然在笑,自暴自弃一般的笑。奥威尔也不禁想跟着他一起笑。

至今为止的作战都有一个绝对的前提:ET只能从阳光中获取能量。宇宙空间中的ET已经差不多荡平了,只剩地球表面的了。在这里,阳光并非效率很高的能量源,所以人类才有胜算。

但是现在ET开始利用地热了,歼灭它们的难度顿时上升了好几个层级。能够利用地热,意味着它们可以使用的能量大幅增加,要探知它们的方位也会变得更加困难。相当于ET开始和人类打游击了。

①位于德国与波兰交界的乌瑟多姆岛上,二战时是德国V2火箭的实验基地。

用这些能量进行连续溯行，人类的全部过去都会遭受威胁。

"为什么……"

ET说到底只是机器人而已，为什么会表现出如此深重的执念，奥威尔百思不得其解。把这些东西派过来的家伙到底在想什么？

"从各发射井的深度能够推算出吸收的能量大小，也能推算出溯行时间量。又开始了啊。一波未平一波又起。"

"赶跑一波螃蟹，又来一波螃蟹吗……"

"就是这么回事。小虫的朋友非要全军出动不可了。混蛋，这么多支线，缪米拉能不能读得下去啊。"

"也许要等到连载结束才会读吧。当然也不见得非要完美结局不可。"

"别说丧气话嘛。"

亚历山大好像做了个鬼脸。奥威尔终于有点重新振作起来的感觉。

"告诉卡蒂了吗？"

"当然。不过她很忙啊。丢下这么重要的事情都不管，不晓得在干什么……"

就在这时，卡蒂·萨克加入了对话：

"久等了。现在回归支援作业。刚才我在破解很难的密码。"

"密码？"

"对。是从ET通信基地发射的信号。激光通信，指向十二光年外的特加顿星。"

"哎，就是说知道它们来自于哪儿了？"

亚历山大插嘴问。不过，卡蒂·萨克似乎并没有高兴的意思。

"特加顿星是红矮星，应该不存在高等智慧生命。26世纪的人类曾经在它的行星上建立过无人观测基地——'曾经'这个词说来有点怪怪的——最终也只找到若干化学合成细菌。"

"但是,什么都没有的地方,ET不会向那儿发送消息吧?"

"对,所以这件事还要继续调查。密码也还无法解读——对比信息不足。先不管这个了,亚历山大,你的发现很重要。刚刚我也检索了北半球拍摄的照片,发射井的总数似乎在四百以上。"

"哎呀,这就需要改变战略了吧。如果ET开始无限溯行,我们也不得不无限溯行。但是凭现在的人手肯定不够。要不我们也学ET,通过自我复制来创造战友?"

亚历山大的过激提案让奥威尔吃了一惊。

"要是连我们都开始复制,人类就彻底完了。别忘记我们的任务啊。为人类奉献才是我们的根本目的。"

"嗯,而且分散战斗力不是好办法。我们不必一个个分头追击ET,而是应该溯行到更加古老的时间点,由那里开始,进行未来的防御。"

"你说'更加古老',可是溯行到哪里才合适? 决定这一点的是ET啊。"

"关于这一点我有个想法——原初和派生的各位信使,请听好。"卡蒂·萨克开放了会话,开始向地球上的所有信使通话,"首先转送亚历山大的发现。都收到了吗? 好,接下来陈述我对于这一事态的理解。ET已经具备了无限溯行的能力,理论上它们可以回溯到时间树的根本,给数十亿年前的地球以巨大打击。但是,我并不认为它们会这么做。"

"为什么?"

"因为在太久远的过去给予人类以打击,人类必会重新诞生。生物进化的适应力极其强大,即使遭受巨大打击,只要有足够的时间,必然会再生。当然,再生的人类未必会和现在一样都属于灵长类。不过,在分岔的时间枝上,是可能存在平行进化的。从这一层意义上说,只有在尽可能近的过去给人类以打击,阻碍其发展的时间才可能更长。它们应该是这个打算。"

"说了这么多，ET到底会去哪儿，有头绪吗？"

"有。我认为，最重要、最危险的时期，莫过于现在人类作为生物学上的物种形成的时期。也就是说，从现在溯行大约十万年的非洲大陆，是需要信使集结全部力量死守的地方。在那里设置防线，阻止ET过去。"

奥威尔一边跟随卡蒂·萨克的思路，一边寻找其中的漏洞。

"你说的防线不是物理的堤防吧？还是说有什么技术能阻止时间溯行？"

"没有。所以我提出的始终是行动方案。我们一旦到达十万年前，便在那一时间枝上驻扎，不断迎击从未来而来的ET。一般认为，它们不可能具备一次性溯行十万年的能量。我们可以拦得住它们。"

整个网络顿时鸦雀无声——十万年？守护这一期间的全部历史？

"当然，我们的硬件承受不了那么长期的活动，所以需要运用冷冻技术，尽可能延长寿命。"

卡蒂·萨克随后补充的这句话也没能缓和弥漫在网络中的震惊。

她——也许是故意地——用极其轻快的语气说：

"一分钟后我想就此提议投票表决。有异议或有疑问的请发言。"

沉默持续了足足四十五秒。对于具备高速语言和思考能力的信使来说，这是足以匹敌人类一年的时间。第四十六秒上，亚历山大开口了：

"这办法太混蛋了。虽说也就这办法最可靠……我说，卡蒂。"

"在。"

"故事写这么长，没人会看了吧？"

"我来概括。"

"谁求你了？还是我自己写。"

有人轻笑了一声——以此为契机，投票陆陆续续开始了。十秒钟的时间里，投票率超过五成。之后的数秒，投票率逼近九成。卡蒂·萨克开口说：

"那么……"

"等等，不要算我。"

奥威尔突然插入。他知道许多人都在观察自己。

卡蒂·萨克平静地命令：

"请陈述理由。"

"按照这份计划，ET溯行途中经过的时间枝全都会毁灭。"

"是的。我们守护的是我们于十万年前出现之后的那一时间枝。而在当前这一时间枝的过去，并没有任何关于我们出现的记录——也就是说，我们不得不抛弃此刻所在的时间枝。"

"十万年间会产生多少分枝你知道吗？"

"有多少都没关系。只要有一根时间枝连接到未来就可以了。"

卡蒂·萨克当即回答。但奥威尔摇了摇头。

"我去守卫那些分枝，完成之后就去十万年前和你们会合——不会减少战斗力。"

"一个人追击散布在四百个以上时间点的ET，可能吗？"

网络中一片哗然。奥威尔低语道：

"这件事还是让我按自己的想法去做吧。"

"好，我也——"

有几个人发出赞同的声音。奥威尔注意到其中一个是派生信使昆奇。

他的心情自己也能理解，奥威尔想。他之所以诞生，是因为奥威尔他们牵制了ET的缘故。

二十多名信使的赞成，让卡蒂·萨克沉默了。她似乎是在犹豫。奥威尔补充道：

"我会带着经历四百场战斗的宝贵经验回来。"

"这件事关系全体战斗力，同样需要投票。"

投票的结果让奥威尔很吃惊，九成以上都是赞成。这是因为所有信使都是同样的心情吧，虽然程度有所差异。

卡蒂·萨克听天由命般地说：

"好吧，准许实行。不过，为了提供支援和记录，请带上我的子系统同行，装载在你的武器里。"

奥威尔本想说记录之类的自己也能做，不过转念一想又忍住了。他隐约猜到了卡蒂·萨克的想法。

"那么讨论结束。各信使结束目前的作业之后，请立即进行时间溯行。能量不足者由我运输，请至伦敦集合。完毕。"

公开讨论的嘈杂一消失，奥威尔的听觉再度被雪国的寂静填满。偶尔起降的军用飞机，声音也被积雪吸收，反而让人感觉有些怪异。周围一片寂静。

奥威尔坐在一个弃置一边的空弹药箱上。沙佳的记忆又逐渐复苏，和迄今为止体验过无数次的一样。

直到今天，她对自己说的话，奥威尔也能一字不落地全部回想起来。这就是所谓的知性体。然而与作为数据的她的确定性相悖的是，自己和她在一起时体会到的那种心悸，随着时间的流逝仿佛变得愈发不确定了。

要对人类忠诚的她和怀有同样忠诚的自己……然而到了最后，到底什么才是最重要的，两个人却迷失了。此时此刻，此生此地，对于历史的巨树——有着无限分枝的宏大时间树——奥威尔已经有了无比深刻、细致的体会，细致到近乎冷酷的地步。这棵巨树上的每一根枝条，枝条上的每一片叶子，都镌刻着人类深沉浓厚的思念。有哪一根、哪一片是能任由它凋落的呢？然而卡蒂·萨克却要从根本上无视它，以无情的手段将其化作单纯的符号……她和自己之间，存在着无法跨越的鸿沟……

如果换了沙佳，会对卡蒂·萨克说什么呢？

——突然间，那个时代的影像清晰地涌现出来。与朋友争论起来也寸步不让的她，应该是和时间战略知性体根本对立的吧。她们两人所追求的东西表面上相似，然而内核完全不同。在某种意义上，那是哲学上老生常谈的命题：国家与个人，何者优先？

但还有一个问题，比哲学的思辨更加沉重：

一个人的所有可能性，与人类这一种族的可能性，何者更为重要？

越是回忆，奥威尔越是痛切地想要回到沙佳身边，仿佛只有沙佳柔软的身体揽在自己臂弯中的时候，世界才是真实的。

消失了，已经彻底消失了，即便是在未来。沙佳的身影，就像遥远山峰上闪烁的积雪一样，正在一点点融化消失。

"真不敢相信啊，总管这么冷酷。"

一声叹息打断了奥威尔的思念。是昆奇的声音。奥威尔用力搓搓脸，把自己拉回现实。

"唔……她很有才能。指挥官应该就是那样吧。至于说子系统什么的，大概是为了防止反叛。"

"真是独裁！"

对于义愤填膺的昆奇，奥威尔静静地说：

"也不该怪她，她就是被设计成那样的。就像我们不能忘记一个个独立的人一样，她忘不了整个人类的大局。那是26世纪的人们最优先考虑的东西。"

寂静之中，奥威尔忽然感觉包含昆奇在内的二十余人正在讨论什么。不久，昆奇开口说：

"我们一致认为，今后应当由你来做我们的指挥官。"

"我？太不正规了吧。"

"没关系，我们也一样。"

奥威尔苦笑了一声，回答说："随你们吧。"

"原初信使，请下令。"

"去伦敦集合。领取那个子系统……还有想当面见见你们。"

正好旁边有个认识的年轻空军驾驶员路过，奥威尔招呼道：

"打扰一下，飞伦敦最早的飞机是哪一班？"

"伦敦？没有直飞的，不过那边的重型运输机去奥斯陆。二十分钟之后出发。"

跑道角落里，模样可怕的六引擎巨型机正在装货。奥威尔瞪大了眼睛。很少见到这样的机种。

"有事的话我开飞机送你怎么样？着急吗？"

奥威尔回过头。驾驶员的左手包着绷带。上周他在驾驶运输机的时候受到ET的袭击负了点伤，伤愈之前禁止驾驶飞机。

不过如果奥威尔点名要他，即使有点勉强，还是能上飞机的吧。这家伙肯定在打这个算盘。

驾驶运输机没什么获取战功的机会，不过奥威尔知道他是无比优秀的驾驶员。

"那好，就拜托你了。帮我去司令部申请一下，哈特曼。"

"是！"

敬了一个稚气未脱的军礼，驾驶员跑了出去。那身影深深烙印在奥威尔的眼中。

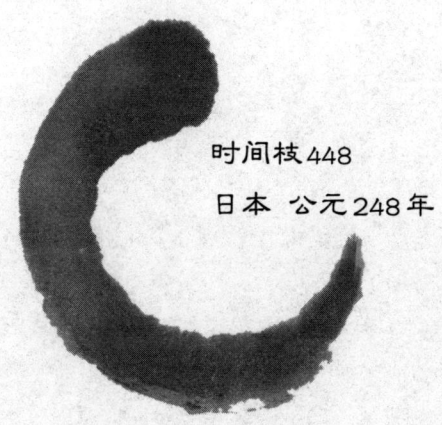

时间枝448

日本 公元248年

看到浜名湖的时候，邪马台国的士卒已经损失了八千余人。

抵达湖畔前，弥与亲自督战的大战就有三次，一大司[1]鹰早矢出战的大战八次，兵司和兵长指挥的小战超过三十次；至于说连绵不绝侵扰队伍的卯、赤鸭之类的怪物和士兵之间的小摩擦，更是数不胜数。东海道上杂草丛生，简直没有道路可言，上面堆满了一层层的尸体残骸、破盔断剑。葬礼没有一天停过。

浜名湖前的丰川决战，更是异常惨烈。由山麓延伸出来的扇形台地上，河神[2]、蜈蚣之类的怪物密密麻麻、遮天蔽日，完全和狗奴国的使者说的一样。山麓则被猴子和卯裹得水泄不通。

邪马台军射出数百支一人抱粗细的丈余巨箭，开启了战端。那是所谓的蝎尾炮，原先只听说遥远的罗马国在用，如今则在《使令》之王的协助下制造出来。

对面是两千只以上严阵以待的猴子。身披铁甲、手持铁剑的军团毫无惧色地冲了上去。激战的轰响绵延数里，连中军的弥与坐在舆辇之中都能听见。

战线胶着反复，时进时退间，尸体一层层堆积。《使令》之王始终冲杀在战斗最激烈的地方，大剑纵横挥舞。

---

①倭国官职名。

②即河童，日本民间传说中的一种两栖动物，面似虎，身上有鳞，形如四五岁的儿童。

　　不过决定战局的并不是他，而是国破家亡的东夷人。他们拼死奋战，以十损其七的无畏精神和巨大牺牲冲垮了猴子的队列。弥与没有放过这个机会，她派遣稀少的骑兵由缺口绕到敌军背后。绿色的小小河神和有许多手臂的蜈蚣等等怪物似乎并不擅长近身作战，只有任凭骑兵践踏。

　　邪马台军终于杀上了台地的最高处。岩木之间有个石头制造的圆形堡垒。那是怪物的巢穴，极其坚固，用撞锤都无法破坏。不过巢穴上有着进出的洞口，士兵们把那里塞住，灌进水和油，点上火，巢穴终于爆炸，腾起冲天的火焰，还卷进去三十多名士兵。

　　战斗刚一结束，信蜂便飞了过来。它们长着薄薄的翅膀，忙碌地飞来飞去，不过足有狗的大小。那是《使令》之王的手下，有侦察能力，能从空中打探敌人的动静，但不能作战。飞舞落下的信蜂们伸出触角在周围嗅来嗅去，一找到小小的黑色碎片就吃掉。它们喜欢吃还不能做巢的怪物种子。信蜂对人无害，不过还是没有一个士兵靠近。

　　杀死游荡的猴子和卵，捣毁大群怪物集中的巢穴——到这时，邪马台军终于熟练掌握了之前重复过许多次的一系列手法。

　　在浜名湖畔的宿营地里，弥与有生以来第一看到了倭国的地图。

　　"这是倭国。波浪纹代表海，空白的地方是陆地。"

　　在士兵守卫的帐篷里，《使令》之王在绢布上刷刷走笔。布上呈现出的乃是从未见过的形状。左下和右上都有些弯曲，看上去像什么奇怪的动物。弥与困惑地抬起头。

　　"我可没见过这样的岛。狗奴国在哪里？邪马台呢？"

　　"是这处平原和这个盆地。"

　　"怎么……这么小啊？"

　　"是的。然后东边还有倭国最大的平原，更有最大的铁矿。"

　　自狗奴国再往前，都是弥与他们从未听说过的未知的土地。地势、地名全都一无所知。不要说敌我的位置关系，就连再往前还有多少土地都不知道。由王口中说出的地名，弥与只能像小孩子一样一个个死记硬背下来。

　　就连来到浜名湖的道路都漫长得足以同去汉土的路途匹敌。再想想之后的路途，弥与不禁有种头晕目眩的感觉。

　　"真大啊，倭国……"

　　"要是给你看世界地图，怕你都要吓死了吧。罗马、剑卓之类的国家可是倭国的百倍。"

　　"百倍！"

　　王笑了起来。弥与稍稍探身说：

　　"尊上去过其他国家吧？也知道罗马、剑卓等等是什么样子吧？"

　　"嗯。"

　　"和我说说？"

　　拿酒进来的甘放下瓶子和杯子之后转身要走，弥与叫住了他：

　　"一起听听，王要说外国的事。"

　　"哎呀，可是……"

　　"一起听吧。只有我一个人听，王讲起来也没劲儿。对吧？"

　　王不置可否。甘似乎不太感兴趣，不过弥与还是拉着他的手让他坐下。王伸手拿起杯子。

　　"剑卓的故事行吗？"

　　"啊，好。"

　　"我去那边是在1863年的时候，介入南北战争，讨伐ET。"

　　王开始讲述那时候的故事。自从邪马台军的远征开始以来，弥与曾听王说过许多次故事。每一次都像这样，从未知时代的未知土地开始介绍。

"在那时候,剑卓还是被称作美国的国家的一部分,不过主人不再是红皮肤的印第安人,而是白人。白人们分成两派,一派用武力奴役黑人奴隶,另一派反对这个做法。"

"反对的人是要把奴隶直接杀掉吗?"

"不是。不杀,直接放掉。"

"放掉是要干什么,扔了他们吗?"

"让他们去自力更生。"

"这不就是杀生吗? 放掉就是死啊。"

"就算飘零而死,也比牛马一样被人奴役的好。那地方的人都这么想。"

虽然甘似乎并不喜欢王,不过听他说了一会儿,很快就沉浸在故事中了。弥与拿过酒壶,默默替他们倒酒。王的故事总是很奇妙。没有奴隶,国家怎么可能存续下去? 大海对面竟然还会有那样奇怪的国家啊。本身就是奴隶的甘也觉得这一点很怪异。

"那么,《使令》之王是为了解放奴隶而战斗?"

"不,不是。我说过的吧,我的目的是讨伐ET。是否采用奴隶制并不是我所关心的内容。倒不如说,为了增加战斗力,奴隶制反而更有效。我教了他们很多作战的方法,但还是死了很多人。南北合计七十万。唔……由于战争末期的混乱,很难准确计数,所以实际死亡的人数应该更多吧。和正史相比,很难说哪个更惨。"

"王在那里也曾和妾身这样的人结盟吗?"

"嗯。"

王打住话头,抬头望天。弥与等着听他会不会说出什么人的名字。

但最终王还是摇摇头。

"那人死了。"

"没能救下来?"

弥与瞪了甘一眼，但是甘没看见。弥与对王说：

"反正不会是尊上杀的。不过，有没有什么国家是因为尊上没能赶上而灭亡的呢？"

"1710年，日本。元禄期的日本没有能力讨伐ET——还没来得及做好防备，本州就覆灭了，其他三个岛也没能撑多久，只有萨摩藩攻入琉球坚持下来，但也无力回天了。后来我就撤了。"

"日本是哪里？"

王没有回答，只是微微一笑。平时的王总是板着脸和司长说话，要不就是训斥士兵，就算偶尔笑一笑，那笑容也是可怕的。一将功成万骨枯。王不知道见过多少次血流成河的场面。回顾那些悲惨往事时，连哭都哭不出来。早就没有流泪的气力了吧。

自己又何尝不是？自从离开邪马台来到这里为止，自己也见过了不可胜数的死亡。守卫舆辇的士兵更不知道换了多少拨。他们的嬉笑怒骂每每隔着竹帘传来之后不久，就会如同臼下的粟米一般一批批被碾碎。令曰：战。令曰：斩杀脱逃者。而弥与下达这些命令所换来的，仅仅是日复一日愈加庞大的葬礼。然而，即使如此，他们还是紧紧跟随在自己身边，没有半分退缩。不能胜，便只有家破人亡。这一路上见过不知多少被怪物肆虐的村邑。士兵们的奋勇让下令的弥与都感到惊讶。

弥与猛然从自己的沉思中回过神来，甘已经在摇摇晃晃地打瞌睡了。弥与命他退下，帐篷里只剩下王和弥与两人。

"还不去睡吗，弥与？"

"尊上才是，还不睡啊？"

王的脸上浮现出忧虑，两条腿微微摆动，似乎心中有所不安。

"也许是我把你牵扯进来得太深了吧。按理说你不用离开宫殿的。这样的事情，本来是伊支马的任务。"

"我无怨无悔。经过这一路，我更了解尊上了。"

"我没什么值得你了解的。"

"但妾身却想了解更多。"

弥与一边感受着自己越来越快的心跳,一边握住王的手——粗壮而修长的手。王像是吓了一跳,要把手抽回去。但是弥与紧紧抓住它,拉到自己胸口。

"尊上并没有夫人吧?"

"啊,可是……"

"我明白。尊上和别的女子有约,对吧?而且一直想着什么时候能回到那个女子身边去。但那是多久以后的事呢,十年? 百年? 千年?"

弥与拉住王的胳膊。王纹丝不动。弥与将自己的身体靠过去。

"千年之中,难道就不能分给我几年吗? 王对那个女子的思念强烈到这种程度吗?"

"我把所有的一切都给了她,只留下了能够忍耐十万年旅途的心。"

王没有看弥与,而是盯着另一只手。

"这只手记得。她让我明白人这个东西的形状、触感、温度。正是这些让我和卡蒂·萨克有了根本性的区别。忘记她,就等于忘记我自己。"

"王……"

虽然弥与一直担心真是这样,但听到王亲口说出对那名女子的思念,还是有一种全身气力都被抽尽的感觉。被拒绝的耻辱和怒火让弥与的脸颊烧得火热,然而他说的话中却也有弥与不得不承认的道理。

弥与正要放开自己的手,却被王反过来紧紧抓住了。

"弥与——"

王看她的眼神忽然间变得很可怕。

"我回不去了。"

"什么?"

"回不去了。我们把历史改变得太多了。沙佳所在的时间枝已经被彻底埋葬在时间的远方了。她不会再出现了,连亿万分之一的可能性都没有。我再也不可能回到她身边了。我……我正在彻底遗忘她。"

一股无法抗拒的力量将弥与猛拉过去,紧紧抱住。耳边传来呼唤某个女性名字的喃喃低语。弥与死死抑制住下意识的反抗。这个男人在无法想象的漫长时间里一直都在忍耐,明知道等待自己的是这个结果,但他还是毅然舍弃了自己的故乡。

弥与喘不上气来,僵直的身体中没有半分气力。就做替代品好了,没关系的。并不是弥与想做替代品,但至少在当下,她很想安慰这个脆弱的男人。

"王啊,请告诉我你的名字——真名。"

"名字?"

"让我呼唤尊上的名字吧。"

"奥威尔。"

"奥威尔。"

犹如遭遇雷劈一般,王刹那间颤抖起来,发出无声的呜咽。

弥与挣扎着抽出手臂,反过来抱住那具强壮的身体。

自这天晚上开始,弥与便和王住在了一处。两个人在奴隶面前都避而不谈,不过也没有刻意制止下人的谈论。很快消息便传遍了全军。弥与担心士气低落,而事实证明那是杞人忧天。军司与兵长陆续不断送来肉食水果,以示祝贺。这两个人一个是书写《使令》的半神,一个是侍奉鬼神的巫王,在众人看来,他们结合在一起本来就天经地义。全军上下似乎都将其视为吉兆。

稍作休整之后,人马再度从浜名湖出发,此时又有来自西面诸国的两万人加入,成为足有三万七千人的大军。另外,据说遥远北方面海之地的一大率①也正在呼应举兵。

随着军队的前进,许多弥与从未听说的东夷小国也纷纷会聚进来。他们大多数都惨遭怪物蹂躏,只能等待灭亡。邪马台的大军经过时,他们或者作为奴隶加入,或者作为敌人抵抗。弥与的人马就如同地面的蔓草一般慢慢推进着。

随着军队由西向东行进,天气也逐渐由夏入秋。绕过高耸入云的不二峰,大军向北面甲斐进发的某一天夜里,气温骤降,早上起来时,远方的高岭已经戴上了银色的华冠。头顶上大群大雁、野鸭交错飞过,发出抑扬婉转的啼声。

穿越笹子岭的时候,有过一场小战。青翠的不二峰下,邪马台的人马向上仰攻,然而身经百战的小队纷纷倒下,直到鹰早矢率领大队赶上来,才终于挽回了战局。《使令》之工派山信蜂去战场打探,随后便眉头紧锁。

“有什么不对的地方吗,王?”

“唔……怪物恐怕在秩父一带修建了实验性的据点。”

王的回答含糊不清,什么也没有告诉弥与,但弥与知道他在担心什么。这天夜里,王手下的信蜂几乎全部出动,翅音连绵不绝,在弥与的帐外飞过。去的方向似乎是东面。

军队继续前进,踏入被王称为武藏野的广阔平原。这片苍茫土地上茅草一望无际,偶尔点缀着几处疏林。到处都是连东夷的猎人都没见过的庞大鹿群,数以万计,还有横行的狐狸和鼬之类的动物。

瞭望兵竖起高杆,爬上高台,眺望四周的动静。只见北方一片

①倭国官职名。

144

朦胧,看不见山;东面是大河下游,有许多深浅不一的滩涂,不知延伸到何处。滩涂上有许多朦朦胧胧白色的东西,起初还以为是雾或霞,仔细看去,却是仙鹤与白鸟之类的鸟群。

"这么大的地方,不好办啊。"

鹰早矢的抱怨也不是没有道理。邪马台的军队带着无数大型器械,辎重队伍无比庞大。可在这种无险可守的地方,实在不知如何防守才好。鹰早矢忧心忡忡,频频派出探马打探周围的动静。

可是ET的数量少得让人诧异。除了赤鸭之外,其他的怪物连影子都看不到。军队就在一片平静中前进,用了三天左右的时间,来到了周围都是海滨、被称作爱宕山的小海角处,在这里布开阵势。

扎营当天晚上,弥与登上爱宕山——之前上去的《使令》之王一直都没有下来。在浜名湖他曾经一度敞开过心扉,之后两人变得逐渐亲近,但自从进入武藏野以来,他仿佛又恢复了战士的身份,连感情都像披上了坚固的铠甲一般。弥与对此耿耿于怀。

"到底是怎么回事?方圆百里都没有怪物吗?"

"这是不祥之兆。"

《使令》之王在黑夜中眺望着原野,低声说。弥与知道,即使是连一颗星星也没有的漆黑夜晚,他也能在某种程度上看到东西。

"换成我,肯定会在这平原上集结重兵包围。邪马台军的补给线已经拉得太长了,而且很快冬天就要来了。这是敌人发起攻击的绝好机会。可是,为什么没有出现……"

"怪物也许都躲去山里了吧。尊上不是说过,怪物喜欢山中的铁矿吗?"

"有这个可能,也可能是打算由中仙道迂回。"

"派信蜂去看看呢?"

"已经派了。从甲府到这儿,ET的数量有点多,探察得不是很顺利。"

"赤鸭也相当棘手啊……"

敌人也有在空中飞的探子，弥与他们把它称为赤鸭。赤鸭本身很少能对军队造成损害，所以一般士卒对它不是很重视。不过它和王的信蜂对战的时候，三对二的情况下基本上都是信蜂落败，所以王也很难随心所欲地放信蜂出去。

沉思中的王一个字一个字地说：

"在这里筑城吧。"

"在这儿过冬？"

弥与吃惊地问。王点点头。

"退兵不是上策，一直依靠西国提供粮草也不是长久之计。这里有足够的野兽可供狩猎，愿意的话也能开垦田亩。再从邪马台招来些女人，让士卒安心住下，积蓄木材，建立城邑。"

"来年也要在这里驻守？"

"来年也罢，再来年也罢，总之一天不扫平此地的怪物，一天就不能撤兵。"

弥与瞪大眼睛。王的眼神忽地和缓下来。

"你想念邪马台吗？没关系，回去也行。"

"这不是尊上的真心话吧？"

弥与瞪了一眼。王笑着说了声："别生气。"

第二天，邪马台军开始大张旗鼓地进行越冬准备。选出樵夫和猎人，派去周围砍柴狩猎；受轻伤的去找野生果树；剩下的人竖起栅栏，挖掘壕沟，建筑谷仓。士卒们得知不能回去，起初都是一副闷闷不乐的模样，不过女人来了之后又立刻恢复了生气。方圆百里残存的东夷村邑里的女人全被带来了这里，而那些老兵的妻子也在不久之后从邪马台赶来。爱宕山变成了一座城邑。

这期间，王依旧不断派出信蜂外出打探。打探的范围不仅限于武藏野,远的如常陆、下野,甚至连东北方向遥远的盘城也去打探过,但是到处都没有怪物的消息,能找到的只有野鹿、野马之类的动物。

"怪物是不是已经死绝了? 之所以还有赤鸭,只是因为我们平时都不太打它?"

弥与转达了甘的幼稚推测,卡蒂也对此进行了仔细研究,回答是信息不足无法判断。总之,这个秋天过得很平静。

在纷纷扬扬的初雪把原野变成一片银色世界三天后,壕沟和栅栏都完成了。由邪马台运来的最后一辆粮车进了城邑,要塞关上了大门。

那天晚上,怪物出现了。

猛烈的爆炸声击破了弥与的沉睡,连大地都颤抖不已。

"怎么了?!"

弥与跳起来,简直都等不及套上衣服便奔去门口。王也紧跟上来。两个人的脸被火光照得通红。城邑的北门在火球撞击下破裂,栅栏上也不断有火球袭来。高殿在爆炸声中摇晃不已。王只扫了一眼便呻吟起来。

"爆炸物……它们学会固氮①了吗……"

"什么意思? 是说怪物吗?"

王没有回答,折回去取剑。代替王说话的是勾玉,连珠炮般的一连串信息:

"警报:发现火器,炮数五十,大口径曲射炮,爆裂弹头。发现ET,北方五百米,五十、八十、一百二十只,热隐身材料——不对,是低温迷彩! ET伪装成野生动物了!"

"说什么蠢话! 那种手段怎么可能瞒得过信蜂?! 电位探察

①将空气中游离态的氮(氮气)转化为含氮化合物(如硝酸盐、氨、二氧化氮)。

147

呢？声纹解析呢？"

"这一带露天矿较多，所以关闭了金属反应探测。声纹解析因为受到信蜂自身翅音的影响，存在探测阈值下限——"

"什么叫露天矿?! 冲积平原上怎么会有那种东西?! 都是那些家伙的迷彩！"

"如果这样的话，那就是非常严重的事态。我们掉进了敌人布置严密的陷阱——"

"后悔也没用了。迎击吧！"

王一边骂一边挥起大剑冲了出去。不一会儿，瞭望台的竹法螺声呜呜响起。惊慌失措的士兵们手忙脚乱地飞奔出来，连武器都来不及拿。弥与用盖住卡蒂的声音叫道：

"派兵了！北面行吗？"

"要散开。敌人能用爆炸——"

巨大的冲击波重重撞上弥与的身躯，打断了她的思考。弥与感觉周围的一切都旋转起来，刚看到地面，猛然间眼前又是 片黑暗。

耳底嗡嗡作响。奴隶们疯了一样哭号。卡蒂飞速的说话声像是隔着厚厚的幕布传来的一样，不知道在说什么，也不知做什么才好。有人在拍打自己的脸颊，弥与终于清醒过来。

"弥与殿下，弥与殿下！"

"甘？"

弥与终于看见一个少年泪流满面地望着自己，他正在声嘶力竭地叫喊。周身的感觉慢慢恢复过来，不过全被疼痛占据。弥与倒吸一口冷气，皱起眉头。甘急急地问：

"哪里痛，腿？手臂？"

"全都痛。扶我起来。"

弥与被抱了起来。全身的感觉更加清晰了。她向手脚用力，想看看自己还能不能动,但右臂怎么也举不起来。弥与扫了自己的肩膀一眼,好像骨头碎了,形状都变了。弥与禁不住移开了目光。

背心也像火烧一样痛。弥与猜想自己是被爆炸的冲击波震飞、撞上了地面。她用左手扶住甘。

"别碰我的右肩。说了别碰! 发生什么事了?"

甘没有回答,望向她的背后。弥与回头看去,只见刚才自己所在的高殿已经成了一片废墟,正在熊熊燃烧。

"被火球击中了。"

"鹰早矢——"

弥与刚说到一半,声音就被别处传来的爆炸声打断了。瞭望台上传来绝望的叫喊:

"海边的栅栏倒了!"

那是营地东面突出的部分。弥与周围惨叫声此起彼伏,无数士卒像没头苍蝇一样拥挤冲撞。弥与放声大叫:

"鹰早矢在哪里?! 北边的蝎尾炮有人指挥吗?!"

"不知道,高殿一塌我立刻赶过来了——"

又是三声爆炸。东北的瞭望台像被斧头砍倒的大树一样咯吱咯吱地倒下,随后传来呐喊声和刀剑碰撞的声音,似乎那边也开始战斗了。竹法螺的呜呜声和兵司兵长的怒吼声不绝于耳。不知道该干什么的士兵四处乱窜。邪马台军混乱得无法收拾。

"卡蒂,一句话告诉我,敌军主力在哪里?"

"全方位。"

弥与怀疑自己是不是听错了。卡蒂以异常冷静的声音继续道:

"周围都是。遍布整个阵地。"

"数目呢?"

"三千八百。"

最近的东郭突然传出一阵悲号。士兵们连滚带爬地逃过来，留下一路血河。他们口中叫喊着：

"剑没用！"

"断了！全断了！"

在他们后面出现了慢吞吞的猴子们。借着火把的光亮，可以看出它们身上的光泽与之前明显不同，就像涂抹了一层朱色。弥与想起自己在志贵山见过的离群怪物——那只把甘的剑彻底弹开、有着坚硬身体的怪物。

"它们到达釜石了。"

"《使令》之王？"

勾玉传来声音。弥与侧耳细听，王似乎正在激战当中，呼哧呼哧地喘着粗气：

"怪物在用铁和铁催化剂生成的火药，技术上一下子提前了一千年。不行了，今天是赢不了了。弥与，整军撤退吧。"

"现在撤退吗？"

"嗯。需要更多的援军，还要从国外召唤。混蛋！"

"《使令》之王！"

勾玉的声音断了，只有粗重的喘息。弥与向北面放眼望去。在烧毁的栅栏的更北之处，传来山摇地动般的喊声和爆炸声。

"女王！"

一回头，只见猴子们已经近在咫尺。抱着巨木的强壮士卒也杀到了面前，那是邪马台全军最精壮的隼人队伍。领头的武将鹰早矢向弥与大喊：

"快逃！"

"打退这一波之后整顿军马退兵！"

弥与向鹰早矢怒吼回去，然后想要站起来，但肩头一阵剧痛，不禁又倒了下去。

甘飞快地探头到弥与的左肋下,把她扛起来,用嘶哑的声音低语:

"弥与殿下小心身子! 我来背你。"

弥与点点头,然后向周围呼喝:

"诸国男女,随我卑弥呼向西面冲!"

恰好此时爆炸声停了,不知是不是反击起了效果。弥与吩咐从兵营和小屋里出来的人们尽可能拿上能拿的东西,集中到一起。隼人在前面开路,提防很可能守在西边的怪物。弥与向勾玉说:

"《使令》之王,我们从西门出去。"

"需要有人殿后。我留下。"

"奥威尔!"

男子报以犹如夏风般的笑声。

"不用依依惜别。我很快就追上来。"

"不许骗我!"

一个隼人牵马过来。甘飞身上马,把弥与拉上来坐在自己身后。弥与吃惊地问:

"你能骑马?"

"嗯,学过了。"

甘低声说了一句,挺直身子。弥与忽然意识到他开始变声了。甘抬头叫道:

"开门!"

在火把的亮光未能到达的暗处,可以看见怪物们蠢动的暗影。它们正在放火攻门。

听着隼人们的怒吼,弥与将身体贴在青年的背上。

再度越过笹子岭的时候,邪马台军只剩下两万人了,随后保持着这个数目一直退到海边。在残留着太古时期村邑遗迹的登吕，《使令》之王也赶上来与主力会合。

但ET也追了上来。怪物们的形态和力量大异于从前，攻势异常凌厉。邪马台军连连败绩。没有对抗的手段，又被寒冷和饥饿折磨，军队就像漏水的瓶子，不停减员，一路溃败。有了火器的敌军，连王的信蜂都无法靠近。赤鸭犹如传说中以腐肉为食的摩耶国大鸟，时时盘旋在邪马台军的头顶。

离开浜名湖时是三万七千人的大军，活着回到这里的不足当初的三分之一。

"中国恐怕也不行了。"白雪纷飞的湖岸，在邪马台军匆匆扎下的简易营寨中，卡蒂宣布，"晋国齐王人马四十万，正与华北的ET群交战。骊山站的信使也加入了，但形势不容乐观。东非的战斗在向维多利亚湖方面移动，敌军增加中。澳大利亚的乌鲁鲁站紧急觉醒。布鲁斯山中检测到敌群信号网。"

弥与看了《使令》之王一眼，立刻又移开了目光。王的脸极度消瘦，身上的铠甲也是伤痕累累，在这种情况下居然都没有受重伤，简直让人感到不可思议——不对，应该不可能没受伤。

"王啊，身体可好？"

"我恢复得快。"

王一口气喝干一大杯酒说。弥与拉起他的手。

"稍微休息一下吧，一天也好，一晚也好……"

"没时间休息啊。这一战不能败。这是最后一战。"

"尊上不是可以返回过去吗？"

"不行。这个时代是时间战略的对抗点。自十万年前不断胜利的我们，和一边肆虐未来一边溯行而来的ET们，注定要在这里决一胜负。如果在这里失败了，ET就会呈指数增长，把过去的我们吞没——不过……"

卡蒂冷静的语气有了一点变化：

"O……你考虑过时间溯行的无限反复吗？"

"不予考虑！"王把杯子远远扔出去，怒喝道，"你是要把这十万年间的苦战一笔勾销，再十万年、百万年地重新来过吗？这一回不单是一条条时间枝，而是要连主干本身都重筑吗？能干这种事吗?!"

"要是从头来过的话，必须从反物质的再生产开始做起。我们的能量源已经快要枯竭了。"

"我们只有这里了。只有死守这里一条路！"

"O，这是为了弥与吗？"王变了脸色，卡蒂的口气仿佛是在逼问，"是因为弥与在，你才固执于这个时代的吧？"

"卡蒂，你在想什么？"

王一字一顿地说，仿佛紧紧咬着牙关一般。

卡蒂用平板的声音说：

"重新审察最根本的战略目标……最大限度地撤退与重整。去往其他恒星系建筑据点，为了实现这一目的，需要这个时代所有剩余的反物质。连你们的部分都要……"

"你想独自战斗下去吗，把我们全都牺牲？"

"这也是一个选择。"卡蒂·萨克的声音冷森森的，"没有时间军赶来支援，那我自己来造就是了——参照当前时间枝的战况，我正在研究这一选择的可能性。"

"你试试看。我会通知全体信使联手干掉你。"

"我可以下达指令，冻结你们全体信使。"

"都别说了！"

弥与再也忍受不了两个人白刃相向般的对话。她紧紧握住王的手。

"不要吵了！你们忘记你们自己写的《使令》了吗？难道你们

以为,不用齐心协力就能打倒怪物吗?!"

王与卡蒂都沉默不语。

帐篷外传来甘的声音。弥与应了一声,甘探头进来,先看了王一眼,然后用沉重的声音说:

"派去邪马台的使者回来了。伊支马大人说,要到来春才能派援军过来。"

"真遗憾啊。"

勾玉的语气像是在说别处的事情一样。弥与狠狠瞪了它一眼。卡蒂这话应该也是考虑了邪马台的国情之后才说的吧,但此刻听在耳朵里,不知怎么总觉得很是不快。

远处传来爆炸声。王握住剑,站起身。弥与抓住他的手臂。

"等等。"

"我会回来的。"

弥与凝视着王。在他的脸上,那种从前曾经见过的、无法捕捉的微笑又回来了。那是一种毫无气力、疲惫不堪的表情。

鹰早矢把士兵一个个骂起来的声音传来。

弥与的右肩又开始痛了。在武藏野负伤的地方,后来被王用不可思议的法术治好了。但弥与也明白,急速的恢复会引起更为难耐的灼热和痛楚。

差不多每天都会负伤的《使令》之王又承受了多少痛楚?

弥与站起身。

从今往后,无论再受多重的伤,也绝不会再说一个痛字。

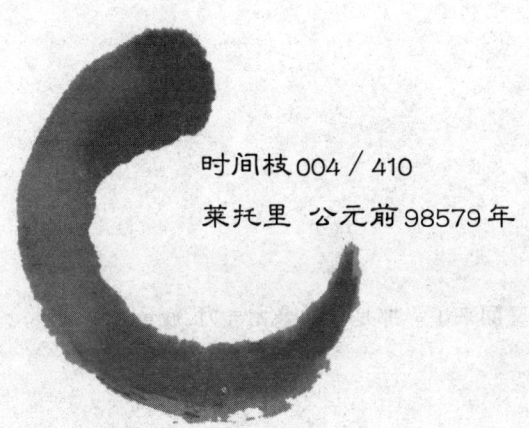

时间枝 004 / 410

莱托里 公元前 98579 年

天空密云满布。热带草原的火山灰上延伸着两列足迹①,一大一小。那是遥远的过去留下的足迹,也是将会流传到遥远未来的足迹。

此刻,一个高个儿男人正用脚上的长靴漫不经心地留下第三行足迹。

"卡蒂·萨克,能听到吗? 我是奥威尔,我回来了。"

"欢迎归来,奥威尔。我们这里剩余的战斗力是1943年的百分之九十七。你没事吧?"

"我啊,交战次数四百零六回,胜利三十六回,撤退三百七十回。残余战斗力百分之四。"

"祝贺生还,并向其他二十四名信使致以哀悼。"

奥威尔能感到战友们也在默哀。奥威尔用灼热的大剑在火山灰土上挖出一个坑,小心埋下昆奇等人的遗物。

"——又回到对抗点了吧?"

"从子系统里接收了战斗记录,根据大致的计算结果,你从各时间枝中救出的人类总数约为两百六十亿。可喜可贺。"

奥威尔本想说"言不由衷的话就省省吧",但立刻想起她对数字非常敏感,这么说来她应该是真心地赞叹吧。

---

①1976年,在坦桑尼亚北部的莱托里的火山灰中发现了一连串两足动物的足迹,可能是南方古猿留下的。

"现在向你转达这条时间枝上的战况——还是先休息几年再说?"

"没关系,现在说吧。"

"那么……"

"等等,卡蒂,先听他说。"

亚历山大的声音插了进来。对于奥威尔而言,那是数百年之后再度听到的熟悉声音。不过对于亚历山大来说,大概最多也就是几年的时间吧。

"信使O,你活着回来了啊。其他人都觉得你回不来了,可我还是相信你。好了,告诉我们吧,你都走过了什么样的旅程。"

"喏,记录里都有。"

"谁要看什么战斗记录,我是要听你亲口说。"

"然后写进童话里?"

奥威尔这么一说,表示笑容的代码从各个信使处纷纷飞来。有些不好意思的亚历山大说·

"也有这个原因,但也不单单如此啊。"

"嗯,我也很高兴自己能活着回来。但是啊,回忆往事随便找个时间就行了,眼下还是先让我了解一下战况吧。说不定五分钟后敌人就出现了。"

"真是个工作狂。既然说到这个地步了,我就告诉你吧。非洲如今是我们的要塞。世界各地、包括月球面向地球一侧的空间也都张开了警戒迎击网。战斗力分布——"

——主要集中在坦桑尼亚的北面。东非大裂谷中央地带的维多利亚湖是信使军的据点。卡蒂·萨克动用手头拥有的所有资源,将这里建造成了坚固的军事基地。地方虽然小,但也有矿山和工厂,连续不断地制造信蜂和各种武器。虽然和26世纪出发时的战斗力无法相提并论,甚至也比不上1943年德国的生产力,不过在当前这个时代,显然也是全球最强的据点了。

在这个横空出世的设施附近,屡屡出现追逐野兽的生物的身影。奥威尔从战友处得知,他们就是信使未来的主人。然而从外表上看,这些模样寒酸的家伙实在没有哪里能和未来的人类对得上号——除了都是两条腿直立行走这一点。起初奥威尔对此很是沮丧,不过自从在湖畔遇到了几个、又和他们一起度过了几晚之后,对他们也逐渐产生了感情。

在这个时代,他们的语言只有几百个单词,好战、好色,始终面黄肌瘦,对黑暗和暴风雨十分害怕,常常神经过敏。但同样是这些家伙,也有把剩余的猎物带回去分给弱小者的温柔,遇上狰狞的肉食野兽也有毫不畏惧迎头痛击的勇气。最为难得的是,他们很喜欢奥威尔,对他的一切总是用他们尚不成熟的语言问个不停,从这里能够窥见伟大的好奇心和智慧的萌芽。

他们的确是有爱有恨、会思考的人。奥威尔想到十万年后就是他们创造了自己,不禁感觉这十万年间在漫长的战斗中消耗殆尽的气力又回来了。

"全地球监控系统完成,历时六年时间。"

奥威尔到达之后不久,卡蒂如此报告。本来如果有足够的信蜂和卫星,这项工作一个月内就能完成。与之同步,世界各地建设冷冻站的工作也结束了。信使们分散开来,奔赴各自的站点沉沉睡去,等待迟早将会到来的ET。

敌人陆续到来。要么是以繁殖体的形式,要么是以成熟的战斗体形态。这条时间枝上的地球,在公元前一百七十万年左右,被称为旧人的物种开始了第一次走出非洲的旅程,在各地建立起小规模的部落。尼安德特人、爪哇猿人、北京猿人……不过大多数文明还没有发展到足以妨碍侦察活动的地步,ET一旦出现,很容易就能被探知。一旦警报响起,信使们就苏醒过来进行迎击,基本上都可以轻松解决。

基于尽可能不改变历史的策略,这个时期采取的方针是尽量不干涉新人、也就是人类的活动。尽管如此,他们急速发展的大脑似乎还是因为信使的存在而受到了不容忽视的影响。

公元前两万年便出现了播种农业,比正史远为提前,而且不是在美索布达米亚,而是在埃塞俄比亚。同一时期人类开始第二次走出非洲,其中最为勇敢的一群穿越了白令海峡,建立起一个足以称为国家的巨大部落。巨型木制建筑仿佛从天而降一般出现在密西西比河的支流,建设它们的是肯塔基地区的部落。同样是他们,首先发明了车轮。

早就在地中海穿行的腓尼基人大胆挑战大西洋,并且成功横穿,开始了正史上无法匹敌的早期新大陆海上交流。在南太平洋,不知怎么发现了使用某种霉菌治疗伤口感染的医术——似乎是有人在热带丛林的神秘生态系统中发现了含有抗生素的品种——这给他们带来了征服瘴疠之地新几内亚的力量。自如操纵巨石和巨船的他们,不断扩张海洋帝国。东至秘鲁,西达非洲东海岸,到处都留下他们的足迹。本应在南太平洋各处留下满是谜团的巨石遗迹然后消失的他们,甚至显示出一种要作为当下时间枝的主流延续下去的趋势。

随着人类势力的拓展,人类自身的争斗也增加了。争斗乃是人类与生俱来的特性,不可能加以矫正。信使们只能以尽可能间接的方式发出警告:世间将有大灾,大灾早迟必至,汝等必戮力同心,共御大灾,驱妖除魔,自强不息,终有强援来助。这段话被称为《使令》,传给了所有文化共同体。

随着时间流逝,敌军也开始增加,倒下的信使也不断增多。即使没有直接被ET击倒,因果效应的影响也在逐渐体现。信使们从根本上改变了文明的进程,这一做法本身当然会导致那些本该在未来出现、创造信使的人消失。除去奥威尔这个密切干涉了各条时间枝、几乎已经超越源时间枝的存在外，大多数信使都不能幸免。而在另一方面，派生信使一直都没有增加，到底是因为这条时间枝迟早也要灭亡，还是因为未来繁荣的文明没有创造信使呢？战斗反反复复，时间枝不断分岔，奥威尔他们已经越来越找不到答案了。

公元前一千年的时候，取代腓尼基控制了地中海全域的埃及新王国中出现了较大规模的ET。奥威尔率领阿克苏姆王国的援军赶到尼罗河三角洲。阿克苏姆王国彼时已将整个东非都收入版图，从埃塞俄比亚到莫桑比克直抵马达加斯加。负责埃及防卫的信使是亚历山大，奥威尔与他联手摧毁了ET。

就在战役结束之后不久，卡蒂·萨克发来了极具震撼力的消息：

"和ET沟通成功。"

消息发来的时候，奥威尔正和亚历山大一起，在与六座吉萨金字塔遥遥相望的开罗府邸中庆祝胜利。亚历山大正在讲述他的野心，说要把自己的著作放入亚历山大图书馆。突然听到卡蒂的报告，两个人都很吃惊。

"我向特加顿星派去了探测机——当然，不是现在，而是到达这个时间枝的大约十万年前。那是一种超小型机，既不能用反物质推进，也不能用核聚变推进，用的是光帆。飞去十二光年之外大约花费了七万两千年，剩下的两万五千年左右一直在监视星系。然后，就和ET方的信使部队相遇了。"

"ET的信使？"亚历山大怔怔地低声重复了一句，"什么意思？"

"准确地说，是ET创造者的溯行团队。他们来自遥远的未来——大约是一亿两千万年之后。亚历山大，你的推测是对的。特加顿星的确是ET的故乡。不过，那是未来的事。"

"时制太混乱了。说得清楚一点。"

"好,采用西历的时间序列进行说明。西历大约一亿两千万年的时候,由化学合成细菌进化而来的ET创造者发展出了时间溯行理论,对过去进行调查,研究为何自己的行星曾在西历2500~2600年发生过生态毁灭的事件。调查发现,毁灭的原因来自于行星外侵略——地球人在那里设置的无人观测基地,基地释放出的微量污染物质扰乱了当地的生态系统,导致当时刚刚诞生的细菌群剧减。ET创造者找到原因之后,决心复仇。"

"对一亿两千万年前的事故复仇?"

奥威尔不禁喃喃自语。卡蒂·萨克加重语气说:

"他们和呼吸氧气的人类有着相当大的差异,思维方法也完全不同。但我们可以尝试换位思考——如果那些维多利亚湖畔质朴而未开化的人遭遇外星种族杀戮,你会怎么想?"

"……所以?"

"所以,ET创造者们组成时间溯行军,对人类发起先制攻击,这就是ET的由来:可繁殖,可进行自主行动的机械部队。"

"难道我们所在的26世纪也已经是被改变了的时间枝?!"

奥威尔惊叫道。卡蒂·萨克表示肯定:

"是的。和ET的接触未能成功,也是因为这个缘故——他们很愤怒。"

奥威尔不禁生出一股无法言喻的疲劳感。难以置信,太难以置信了。亚历山大用嘶哑的声音低语:

"愤怒……怨恨,复仇? 这种……这种理由? 这么正当的理由……卡蒂,他们和人类哪里不同? 这他妈也太像人类了吧!"

他歇斯底里地笑出声来。奥威尔用疲惫的眼神看着他。

"卡蒂,现在是公元前一千年,特加顿星来的家伙有什么目的? 哦,难不成是和我们一样保护自己的祖先?"

"正是如此。他们本来打算破坏我的侦察机。之所以能避免这一状况并与他们对上话，是因为我的报告——准确地说，是我的斥责：斥责他们毁灭26世纪的地球；斥责他们派来ET进行纠缠不休的攻击；斥责他们在整个地球历史中杀害了奥威尔所拯救的二百六十亿人的数百倍、数千倍都不止的人类；斥责他们采取时间溯行攻击这种无比残虐的行为。然后我问他们：这样做，你们就满意了吗？"

"你也愤怒了啊……"

奥威尔虽然这么说，但心中并没有共鸣。ET固然杀害了成百上千亿的人类，但卡蒂这个战略知性体不也同样冷酷地抛弃了他们吗？

"对方的回答呢？"

"这样还不足以偿还，他们说。他们认为，26世纪的事故导致他们的进化延迟了一千两百万年。如果不给人类进化以同等停滞的打击，他们的复仇就没有完。到这里为止，侦察机通过流星余迹通信向太阳系发送了报告，但后来似乎就被破坏了。"

"费了十万年派去的使者，被吐了一脸唾沫就完了啊？"

"不，还是有成果的。"

卡蒂虽然这么说，但奥威尔完全没有提问的心情。卡蒂·萨克自顾自地说了下去，语气中带着一种难以理解的乐观：

"我判明了敌人的时间战略。只要在通史中摧毁特加顿星的中心据点，就可以获得彻底的胜利。就算不这样做，也可以以此为条件与敌方谈判。当然，这样做难度很大。"

"胜算呢？"

"不明。首要前提是人类成立时间军。"

"对眼下的局面完全没帮助啊。"

"还有一个成果：敌人为我们证明了溯行攻击的有效性。"

这个机器搞不好变质了，奥威尔忧郁地想。远征初期还能看到她表现出疲惫，最近这段时间就连疲惫都看不到了。她变得更加冷酷、顽固，从而得以保持她那异乎寻常的乐观。这样的表现不禁让人想起历史上每每出现的某种暴君形象。显然是因为过于沉重的任务、过于孤独的立场，将她彻底扭曲了吧。也许有必要考虑在没有她支援的情况下作战了……她自己也研究过这一点吗？

同样沉默着的亚历山大抬眼在耳边打了个响指。这是密谈的信号。奥威尔点点头，打开了接口。

"再有一点儿就是五千页了。"

"什么……哦对了，我到纳特隆的时候，你写到两千五百页了吧？"

"对。小虫们在大树根部划出黏液带，阻止螃蟹潜入地下切断树根。"

"很出色的情节展开嘛。虽然叶子被切了很多，许多朋友也都战死了，但小虫们还是发誓要保卫家园……"

"也多亏了那些被选中的勇敢小虫，是它们历经艰难转战各个树枝，才让我写出多彩的插曲。"

"最后克服重重险阻到达大树的根部，防备螃蟹的侵略，团结一致，用黏液和丝线阻击螃蟹——这真是高潮啊。"

"是吧？写到这儿，连我自己都很激动。明明是自己写的故事，简直忍不住想要知道后续的发展。接下来，小虫拜访伟大的乌鹭长老，挖出树干里的璀璨宝石，召集无数蚂蚁修复大树的伤口……"

绵延十万年的故事，不知不觉开始在信使间广为流传。亚历山大兴致勃勃地说着，眼中闪烁着犹如少年般的光芒。奥威尔微笑着听他讲述。

"……终于到了主干开始分岔的地方，总算有希望把螃蟹们一扫而空了。在这儿打赢的话,大树就会恢复生命力,靠它自己的力量就能把螃蟹挥下去。"

"但是,熊说话了。"

奥威尔静静地开口。亚历山大停住了。

"之前一次都没有说话,只是站在一边看着螃蟹的熊说话了。'你们太坏了,'他说,'你们小虫把我睡觉的树弄枯了,所以我要把你们这棵树也弄枯,要让你们知道知道我的树受了什么苦。'"

亚历山大重重叹了一口气。刚才的兴奋全没了。

"……什么啊,我这只是劝善惩恶的儿童文学嘛,早就说过了的。"

"要问我的话,我觉得还是不要拘泥于儿童文学更好。这故事再稍微修改一下,就是一篇十分出色的幻想叙事诗。重写如何?"

"我是为了谁写的,你忘了吗?"

亚历山大抬起头。奥威尔在他脸上看到了痛苦的思念。

"记得是……"

"重写的话,她就找不到了。"

"你真的还认为能送到吗?"

"当然!"

亚历山大叫了起来,但他脸上并没有愤怒。

随后是漫长的沉默。

奥威尔仰头望天。洪水期刚刚结束的尼罗河,天空被风卷起的土尘染成暗金色,仿佛覆在大地上的铜盖。低头望去,水边有个穿着洁白托加袍的美少女正在指挥鹈鹕捕鱼。她感觉到了奥威尔的注视,莞尔一笑,向他挥挥手。

"卡蒂为什么现在这时候告诉我们这个消息?"

收回视线,亚历山大抚摸着下巴在思考。奥威尔随口回答:

"是因为刚刚收到消息吧。"

"是吗……我倒觉得她是算好了时机说的,也就是看准了我们开始迷茫的时候。"

"为什么呢?"

"打算给我们一剂强心针吧。"亚历山大闭着眼睛皱起眉,"敌人的真实身份、真正目的,还有明确无误的胜利条件。她看出这些东西对我们必不可少。"

"你是说那些都是她编的? 不可能的,一调查就知道了。不过话说回来,就算是真的……"

"她想让我们将十二光年之外的敌军基地彻底摧毁。卡蒂还真以为士气这种东西编个故事就能鼓舞起来?"

奥威尔苦笑一声,"作为读者,故事怎么写都行,总之希望能有个结局。"

"这话去和熊说。"

鹈鹕扇动翅膀,溅了少女一身水,她发出银铃般的笑声。附近现出一道彩虹,仿佛河中的精灵。亚历山大望着她,脸上慢慢浮现出微笑一般的表情。

"那姑娘是奴隶吗?"奥威尔问。

"唔,是赠品。荷鲁斯的化身、拉神之子法老在赏赐这座房子的时候一起送来的。"

"识字吗?"

"完全不认识。我写的东西都当成擦鼻涕的纸乱扔。"

跑来凉台的少女,双手交叉放在胸口向奥威尔施了一礼,然后抓起亚历山大的手臂飞快地说起话来。奥威尔能听懂一些埃及民众的口语,又喜欢这种犹如金丝雀一样的声音,便没有用翻译。

她似乎在拜托什么事情,但亚历山大一脸不开心的样子频频摇头,到最后更是训斥起来。少女垂头丧气地离开了。

"怎么了?"

"说是要给她多写点虫的故事。小虫生下来不久的时候,有一回差点淹死在积水的树杈里,她很喜欢那个情节,缠了我好几次。她不知道南特瓦西巨石都市死了多少人啊。"

那是个漂浮在南太平洋的半水半陆的美丽都市。不久之前,亚历山大和战友们还在那里并肩奋战。ET一直没有发展出类似船舶的在液体环境中移动的工具,这可能和它们被创造出来的行星环境有关。但在南特瓦西,首次出现了带有浮袋的原始船形个体。亚历山大和战友们以巨大的牺牲为代价,将ET具备渡海能力的萌芽扼杀在摇篮里。

奥威尔摇摇头,把那时候的记忆赶出脑海。

"这可不是说书人该有的态度。故事的来源、素材,只和作者有关。"

"话是这么说……"

亚历山大捂住自己的脸。奥威尔隐约感到了他的踌躇。他是害怕自己迷失最初的目标吧。能够深刻理解亚历山大的秉性和任务的缪米拉,被隐没在错综复杂的时间枝的远方,就连她的面庞都逐渐模糊了。

这很危险,但奥威尔却只是说:

"有人想听故事,就给他们故事好了……不妨就按那个姑娘的愿望来。她叫什么名字?"

"还不知道。"

"那就先去问问吧。"

"可是,要是那么做的话……"

亚历山大欲言又止,不过最终还是慢慢地浮现出无力的微笑。

"我说,奥威尔。"

"嗯。"

"咱们已经干得很卖力了吧,你有没有觉得?"

"我承认任务太重。"

这是奥威尔的心里话。直到今天,他还从未想过放弃。

亚历山大用力点点头。

"我们也许可以让很多人快乐吧。与其编造没有终点的故事,不如让更多的人……"

奥威尔什么也没有说,只是望着少女清扫石板地的身影。

半年后召开了军事法庭,审判亚历山大。他延迟了自身的冻结,过起了流浪生活,像个吟游诗人一样四处流浪,向人类讲述故事。这一行为被告发了。

逮捕他的是卡蒂·萨克。罪名是逃避战斗。之所以没有适用最重罪名反人类罪,也许是为了避免多数信使的反感而采取的策略。不过,大部分信使还是投了有罪票。

亚历山大被处以临时冻结的惩罚,他必须长眠到信使胜利为止。

在无记名投票中,奥威尔也投了有罪票。不过这并不是像其他信使那样出于严肃军纪的目的,也不是因为亚历山大放弃了缪米拉的缘故。

奥威尔是想让他的苦行终结。

在亚历山大的心中,人类的成分恐怕比奥威尔还要纯粹。他所爱的是那位作为个人的少女,还没有将自己的情感扩大到整个人类。这才是更自然的吧。奥威尔明白,多数信使都是这样的。反而自己才是极少数的例子,极其特殊。

然后,在奥威尔的心底,也对亚历山大抱着一丝羡慕——就像被诅咒的人对于自由者所抱的羡慕一样。

奥威尔永远也忘不了沙佳。因为他爱的不单是她个人,更爱上了她的理想。

奥威尔离开埃及去远方旅行,徒步行走了数万公里,用简易的船渡过风浪肆虐的大海,漂泊到极东的小岛,在这里修筑站点,进入冷冻状态。

一千两百三十年后,经历了四百四十七回战斗的他,被误闯志贵山的ET唤醒了。

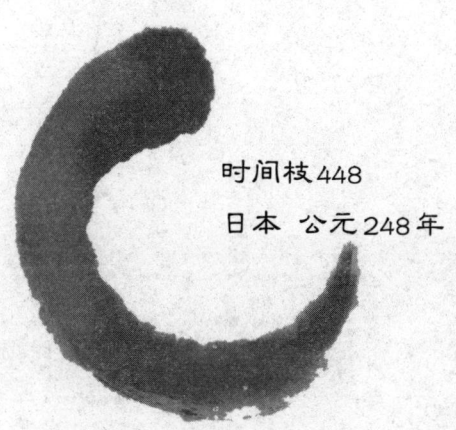

时间枝448

日本 公元248年

树枝横飞，雪烟飘散，巨树轰鸣着倒下。猴子们的残肢断臂四处都是。铁、红锈、纯银的碎片高高飞起。

排成三列、背着火筒的猴子们塞满了山崖下的道路，朝正在前排战斗的《使令》之王放出炮火。王弹指射出细小的砾石，两者撞在一起，绽放出火焰之花。灰色的烟雾升腾起来，随后又被剑风荡开，再度显出王的身影。

大群卯跳了上来。这是一次可以跳出三倍远的变种，被称为长腿。说起来，现在大部分卯都进化出了长腿。它们有着常人难以企及的敏捷，四处乱跳，瞅准机会就会一气斩下。

带着光芒的大剑画出令人眼花缭乱的银色弧线。在卯的头和腿的碎片之中夹杂着红色的血线。卯没有血，那是王的。在山崖上俯瞰战局的弥与，用低沉的声音问背后：

"好了吗？"

"再有一小会儿。"

"是吗？"

弥与的声音没有丝毫变化。她只是站在那里，脸上挂着仿佛对什么事都无动于衷的平静表情。士兵们已经忙得手脚都快断了，而且没有一个人抱怨。这时候就算着急也没有意义。

但她内心里早已撕心裂肺地叫喊了千万遍。

终于,连气都喘不上来的兵长报告说准备好了。弥与高高举起弊矛下令:

"砸!"

从后面的沼泽吊上来的大岩石,带着隆隆的巨响掉落。直到石头滚来身后,王还在斩杀怪物,然后才向背后远远跳去。巨石擦着他的身子如雪崩般滚过,压碎了二十多只怪物。

士兵们从山崖上斜着滑下来与王会合。弥与一边跑一边抚摸王的手臂上划开的无数伤口。护在周围的士兵放声呼唤前方的战友。

王低声问:

"卡蒂,敌主力的距离? 卡蒂!"

"约八公里……抱歉,这是七十分钟之前的数据。维多利亚湖畔基地正在激战中。那边的支援脱不开身。"

"就是说还有半天就会追上吗?"

然后,王回头轻轻拍拍弥与的后背。

"别哭,到早上我就会复原。"

柘植关失守,军队由伊贺向邪马台撤退。为了尽力阻拦那些用剑和矛无法对付的怪物,王把大部分士兵派回去修筑要塞了,殿后的人马包括《使令》之王在内仅有几十人。虽说借助溪谷天险据守,然而靠这个就想挡住冲上来的敌军,不啻天方夜谭。连日来一行人且战且走,每隔几个时辰就要停下来反击一回。

过了山谷,邪马台原野便不远了,可以看到山顶中央的木制建筑,那是封锁整个山谷通道的要塞,建筑的气势颇为恢弘。王一边奔跑一边说:

"这座要塞很不错啊。要是狗奴国来攻打,两三年间也拿不下来吧?"

"怪物放炮的话,最多三天而已。"

"那也不至于。你看天上,那是雨云。怪物们没有橡胶,电路系统很脆弱。等下起雨来,就能休息一阵了吧。"

王指着低垂的黑云朗声说。远处传来轰隆隆的冬雷声。

弥与注意到周围的士兵们目不转睛地注视着王的一举一动。他们对王的崇拜简直和崇拜战神一样。这种崇敬就连武藏野的兵败也没有削弱半分。的确,《使令》之王自己一次都没有被怪物打败过。

所以,王绝不会在士兵面前说任何泄气的话。弥与回顾自己的言行,不禁感到羞愧。自己的任务仅仅是站在士兵面前而已,比起《使令》之王,自己应该更加坚毅才对。

进入要塞后,王立刻转入防守工作。甘从瞭望台上跑下来。他本想一起殿后,但弥与强行把他赶走了。弥与高声问:

"大家都好吗,甘?"

"都好。士兵工作努力,兵司指挥得当。没有临阵脱逃的人。"

"很不错啊。这样的话,妾身不在也没关系吧?"

"弥与殿下,请不要说这种不吉之言。"

"不吉?我只是想去睡个午觉啊。"

"啊?睡午觉?"

甘张口结舌,抗议的声音被士兵们的笑声淹没了。弥与尽可能保持着平稳的步伐向帐篷走去。

赶走奴隶、避开人目之后,弥与直直地倒在床上。这张床很是简陋,只堆了一堆稻草而已,睡在上面很是刺痛,一点也不舒适,但一躺上去,意识就好像被拽进地底一样,有一种无法抗拒的睡意。虽说弥与的任务仅仅是来回走动监督战况,但也已经整整三天没有合眼了。

然而,奴隶们慌慌张张的脚步声打断了弥与的睡眠。

"伊支马大人求见。"

"什么？知道了，我这就去。"

弥与鼓足力气，来到外面。让人吃惊的是，除了伊支马高日子根以外，弥马升以下的官奴们也全都平伏在被雪浸透的地上。这是国阁聚集一堂的态势。弥与寻找甘的身影，没有找到，只得直接出声问道：

"伊支马，这是要做什么？"

"臣禀告：宫中护卫力量薄弱，莫说怪物，就连扫荡暴民也有所不逮。恳请将士卒发回缠向之宫……"

"回兵？不可能。现在一兵一卒都弥足珍贵。我们在东夷之地损失了两万人，怪物占了伊贺，眼看就要杀来这里了。伊支马，你也知道的吧？那些猴子比以前要难对付得多，寻常人根本没办法靠近。"

只见鹰早矢带着士卒从军营方向匆匆赶来。他是听说伊支马来了，特意赶来表示礼貌的吗？

伊支马依旧低着头，再度开口说：

"邪马台只有老人和孩子，防御力量薄弱。恳请尊上开恩，五十也好，三十也好，请赐士卒，以御宫城。"

"不行。要说壮丁不足的话，你们官奴都给我拿剑去。只会拿笔能派上什么用场！"

伊支马的焦虑弥与也清楚——说实话，不要说五十，五千名男子都不够吧。每年冬天，伐木、造农具、生产布匹、修葺宫殿要塞、治理枯水的河川等等，都是急需人手的工作。今年不要说冬天的任务了，就连夏季的农事也没有好好做过。谷仓几近见底，只能依靠他国的进奉勉强维持。国阁身负治理国家的重任，一定急得团团转吧。

然而此刻实在是危急存亡之时，哪怕是倾邪马台举国之力，也要击败怪物才行。

"你们过来就是要说这个吗？没其他事就快回去吧。"

疲惫至极的弥与丢下这句话，就要转身回帐篷。

但她看错了伊支马的打算。弥与没有看到高日子根低垂的脸上如同鬼火般的双眸眨个不停。她不知道在这半年里，高日子根眼睁睁看着自己国家的青壮年男子一个个倒下，心中藏着多深的仇恨。

"上！"

弥与一怔，刚想说什么的时候，已然被拦腰抱起了。发出刺鼻男性气息的人抬着弥与奔跑起来。周围的奴隶一个个僵直不动。弥与的眼角余光瞥见隼人之长的身影。

"鹰早矢！"

鹰早矢的箭搭在强弓上，但是没有放箭。高日子根紧贴在弥与旁边奔跑。官奴们聚在一起围在四周。

鹰早矢放下弓，大吼道：

"伊支马大人，为什么……"

一出要塞，豪雨倾盆而下，仿佛是天上的堤坝决堤了一样。雨水暖得简直不像冬天。遮天蔽日的雨水中，什么都看不见。

弥与没有被囚禁在宫中的高殿，而是在邪马台某个小屋，由两个士兵把守。他们似乎是伊支马的心腹。

弥与没有受辱，看来也没有性命之忧。她既是巫王，又有"亲魏倭王卑弥呼"的称号在身，就连高日子根似乎也不得不有所畏惧。她身上的铜镜和勾玉都被夺走了，恐怕是高日子根想找个适当的傀儡，像从前那样治理国家吧。

然而若是连国家都没有了，他还想治理什么呢……

看守的士兵意志之坚强，连弥与也不得不叹服。不管弥与如何威胁、恳求，他们都不为所动。到最后弥与只得放弃，躺倒在简陋的床上。那床只是一块木板而已，但即便如此，也比军营帐篷里的稻草床好多了。

疲惫的头脑里，各种胡思乱想时隐时现。《使令》之王会来找自己吗？恐怕不会，他没有丢下士卒离开要塞的道理。但是甘肯定会来找的。他肯定会冒雨策马，不放过任何一点线索吧。

骑在马上的他很是威武，但这反过来更让弥与担心。他若是怒吼着冲进宫里，说不定会被杀害的。鹰早矢在好好守护要塞吗？士兵们在奋勇作战吗？如果要塞被击破的话……

弥与一直不肯去想邪马台灭亡的后果。然而无力地躺在床上的时候，那股恐惧却怎么也挥之不去。邪马台失守的话，还要继续向西撤退吗？自己的国家灭亡的话，还要继续奋战吗？自幼熟识而亲近的这片土地，也会像耳成山一样被焚毁吗？在这里生活的男女老少，也会被那些丑陋的猴子杀害吗？到那时候，自己肯定早就死了吧。

王也会死吗？如果只是他一个人的话，怎么也能脱身吧。逃离战场以图东山再起，这是最好的办法。但是，哪怕只是稍微想一想他抛弃自己，弥与的心中便不禁涌起一阵酸楚。

但与其一同被杀，还是逃走更好吧，弥与想。逃出去，然后再回来报仇。为了在武藏野、在浜名湖、在伊贺殒命的累累死者——

弥与猛然坐起身。她想到了一件可怕的事：如果王死了，自己却还活着呢？这种情况虽然理论上有可能发生……不，是很有可能发生。要塞失守，王与要塞共存亡，于是只留下了自己……这样的话，自己该为他殉葬吗？按照邪马台的习俗，主人死时女子殉葬乃是常有的事。弥与自己对于与王赴死也没有半分抵触，可是……

自己能随他同死吗？

睡意消失得无影无踪。弥与蜷着身子,不断思考着这个痛苦的问题。

三天后的黄昏时分,门外传来马蹄声。弥与猛然站起,侧耳细听。有人在怒斥卫兵。是《使令》之王吗?

卫兵离去的脚步声。紧接着门开了,一个人走进来。弥与逆着光眯眼辨认来者的身份,不禁倒吸了一口凉气——

"高日子根……"

他的模样惨不忍睹。白衣上满是泥灰,左袖掉了,露出浅黑色的手臂。木棉头巾被撕成了碎片,额上有几道血痕。他的全身弥散着汗臭,眼睛里布满血丝。

高日子根吐了一口混杂泥沙的唾沫,嘶哑着声音说:

"尊上……卑弥呼殿下,我来接你了。"

"去哪儿?"

"向西。过茅渟海。"

右手提刀的高日子根伸出左手。弥与反射性地退了一步问:

"发生了什么事? 军队呢?《使令》之王呢? 败了吗?"

"一败涂地。大家都战死了……宫殿也烧了。"

弥与只觉得天旋地转,有一股想要呕吐的感觉。想象变成了现实。也许正是因为自己这么想了,才会变成这样。如此说来,这都是自己的过错……不,不会,不会这样的!

"王不会败的。"

"他也死了。好了,快!"

高日子根又向前伸手。弥与摇头拼死坚持说:

"别骗我!《使令》之王不会被杀死的。肯定是弄错了。你只是听士兵这么说的吧?"

"我亲眼看见的。"

弥与浑身的力气都没了。虽然有一只强壮的手臂扶住了她，但她就连手臂的存在都没有意识到。奥威尔死了，不在了。如果这是真的，自己该……

虽然想到过这个结果，但真正听到的时候，还是有一种无底的虚无感袭来，什么也无法思考，只能听凭别人架着自己的身子跌跌撞撞地向前走。那只小心翼翼托在肋下的手臂，突然紧紧抱住了弥与的身子，向前拉去。

"快，一起向西……"

就在这时，高日子根的衣服里掉出什么东西，发出啪嗒一声。弥与无意识地扫了一眼，却看见蓝色的光。是勾玉。勾玉发出声音：

"弥与，你在那儿吗？"

弥与猛然间涌起无比的欢喜。是他的声音。王还活着！

"高日子根！《使令》之王——"

抬起头的弥与猛然僵住了：眼前是一张因为憎恨而扭曲的苍白的脸。

"你……"

高日子根一脚把勾玉踢开，像踩蜗牛一样几脚踩得粉碎，抱着弥与腰部的手臂加上了力道。

弥与忽然意识到自己正被野兽的牙撕咬。未曾感受过的强烈恐怖，从心底一点点升起。

"我……我是卑弥呼，是巫王……"

"我知道。"高日子根开口说，沾着唾液的黄色牙齿闪着瘆人的光，"所以才更撩人！"

牙齿咬在弥与的脖子上。弥与感到潮湿的舌头正在舔舐溢出的鲜血，她浑身汗毛都竖了起来，手臂用力挥动，抓到了某个柔软的东西。弥与用指甲死死掐住。

"滚开！"

咔嚓一声，高日子根的耳朵飞了。他发出足以刺破鼓膜的叫声，一把推开了弥与。倒在地上的弥与爬着想逃，但就在她挣扎的时候，一个沉重的东西压住了她，弥与顿时喘不上气来。高日子根一拳狠狠打在她的头上，弥与一下子失去了意识。

"我……我忍了多久，你知道吗？"

一股可怕的力气扯碎了弥与的衣服。暴露出的肌肤接触到冬天的寒气，让她恢复了神志。紧接着弥与的身体被反转过来，高日子根的眼神仿佛要贯穿她的身体一样。弥与不禁又打了一个寒战。她屁股着地蹭着后退，四处乱抓的手摸到了扔在地上的短木棍。她立刻双手握住木棍，在胸前做出防御姿势。高日子根吠道：

"你想干什么?!"

他手中的刀尖直指弥与的鼻子。那刀似乎不久之前刚刚斩了人，满是鲜血的刀刃上映出弥与的脸。

"扔了它！嫁给我！你从来、从来都是我的！"

"我怎么可能嫁你?!"

弥与被恐惧勒紧了喉咙，但还是尽力挤出细细的声音。她将木棍拿到敞开的裙裾之下。

"与其被你玷污，我还不如自插阴户而死！妾乃王之内室！"

充满憎恨的呻吟从男子的喉咙里挤出来，那简直不是人类能发出的声音。他扔下刀压上来的时候，弥与闭上眼睛，就要将木棍插进自己的身体。

"弥与殿下！"

伴随着这一声呼喊的，还有切割筋肉的声音。弥与吃惊地睁开眼睛。

高日子根眼中闪过一道血光，随即迅速黯淡下去。他重重倒下，背后出现一个手中提剑的年轻人的身影。

"……甘。"

弥与忽然间全身都没了力气，手中的木棍也掉在地上。甘踢开尸体，跑上前来抱起弥与。弥与抬起一只手，抚摸他憔悴的面颊。

"我没事。你赶上了，甘。"

"弥与殿下……"

被甘紧紧抱着，弥与感到无比安心。虽然她对《使令》之王无比想念，但被甘抱着的心情却十分舒畅。对于这一点，弥与自己也觉得有些不可思议。

甘终于冷静下来。他一边为弥与包扎脖子上的伤口，一边告诉她：

"士兵们都要来救弥与殿下。伊支马大人……不，高日子根说把弥与殿下安置在缠向之宫，但是三天过去了也没有让大家看到殿下的身影，士兵就打起来了……是的，宫殿被烧了是真的。是士兵们烧的。弥马升和官奴们都被杀了。殿下的替身？没事，我把筱救出来了。在那里没有找到弥与殿下，所以《使令》之王下令，一路追击高日子根来到这里。"

"那，王真的没事啊？"

甘的动作像是在触摸什么容易损坏的东西一样，小心翼翼地在弥与的脖子上裹着布，听到这话，稍微停了一会儿才点头说：

"对。不过，要塞还是失守了。没有弥与殿下果然不行啊……"

"是吗……"

甘一包扎完，弥与便检查自己身体的各个地方，看看是否有什么损伤。与此同时，她也感觉到甘的强烈视线。虽然被他看着并没有任何不快，但因为刚刚有过那样的事，弥与也隐约察觉到甘正在极力压抑住的真实欲望。

为了打消尴尬，弥与笑着说：

"每次都是你救了我。"

"这是我的荣幸。殿下请不用介意。"

甘施了一礼。他两鬓的头发已经扎成了辫子。

已经是大人了呀——弥与把这句已经到嘴边的话咽了下去。

从小屋一出来,弥与便看见东面升腾起好几道粗大的黑烟。小屋是在邪马台的西边,二上山的山坡。

"《使令》之王很快就会率残兵赶来。去下面会合吧。"

甘翻身上马,伸手指向下面。

终于,下方道路上出现了士兵和百姓的队伍,他们脚步无力,不过士兵的队列还是保持得相当整齐。虽然已经惨败,但似乎并没有出现逃亡或者暴行,仅此一条就能看出王的威望有多高。弥与一边赞叹,一边加入队伍。所有人都欢声雷动。

弥与在马上挥挥手,欢呼声更响了。弥与不禁暗想,刚刚自己没有死,真是太好了。她让队伍先过去,来到后面,然后看到了那个男子。

"《使令》之王……"

"弥与。"

像往常一样,王走在最后面。弥与从鞍上跳下来跑过去。他低声问:

"没事吧?"

"嗯。"

弥与本想告诉他,自己还是他的女人,但是一看到他的表情,就明白那话是多余的。他的眼睛和三天前没有一丝变化。他坦然接受了弥与的归来。

因此,弥与最终说出口的是一件毫不重要的事:

"高日子根被甘杀了。"

"甘能行的,我知道。"

王点点头，似乎相对于被诛杀的人，更关心诛杀者。他从怀里取出勾玉，再度挂在弥与的脖子上。

"喏，再给你一个。别再弄没了哦。"

"嗯……"

弥与想起了什么，抬起头，只见甘的马已经去了前方。弥与心中不禁一阵微痛。

弥与和王并排而行。前面的士兵频频回头。弥与不得不训斥说："看前面，好好走！"然后压低声音问，"前面有目标吗？"

"能走多远走多远吧。如果住吉津有船，就先疏散流民。没有的话，再往西。"

"再往前呢？"

"不好说。"

"尊上说过会有援军来吧？是尊上在《使令》上那么写的吧？"

长时间的沉默。

终于，王微微点了点头。那动作小得几乎分不出是不是在点头。

"一定会来的。"

越过二上山，进入河内野之前，弥与最后回头望了一次。只见远方的缠向有无数犹如铁砂颗粒一样的东西在蠢动。

住吉津没有船。当地人听说有危险，全都逃了。虽然有消息说西国各地还会有援军赶来，但在眼下这个时候，面朝茅淳海的港镇没有人烟，只有被丢弃的村邑。

流民多，士兵少。弥与让女人和孩子先向北逃，男子则全部派去挖壕沟。若是什么都不做，只顾一路逃跑的话，一旦被速度更快的敌军追上，就只有任敌宰杀的份儿。这是弥与他们在东夷之地得到的惨痛教训。因此，无论如何也要在半途想方设法阻拦一下敌人。

虽然如此，弥与依然很迷惘。不是逃不逃的问题，而是要不要舍弃故乡。如果说要离开这片土地，还不如埋葬于此——这样的想法前所未有地强烈。

仿佛感应到了弥与的想法，士兵们的脸上也开始浮现出决绝的表情。每当流民离开的时候，士兵们与妻子诀别的哭泣声便在冬日的原野上回荡。

几天之后，夜间头顶上的鸣叫开始增多。王的信蜂已经全都消失了，那是赤鸭的声音。黎明时分，瞭望员看到天空中如同蜻蜓一样交错飞舞的赤鸭，放声大叫：

"来了！"

数不清的怪物翻过生驹山，出现在邪马台军面前。弥与登上阵门，王与八千士兵守卫在周围。

背负火筒的猴子们围成半圆形的阵势，一起放炮，火球带着可怕的声音如雨而落。王放声叫道：

"坚持住！怪物的火弹最多一两发！"

王的声音被爆炸声盖住。几十名士兵被震飞出去，剩下的则咬牙忍耐。

怪物们生产火药的地方在遥远的釜石，距离这里足有两千多里。王认为它们在邪马台的激战中已经将弹药用得差不多了，这一见解被证明是正确的。看到王说中了，士兵的士气顿时高昂起来，聚成一团冲向怪物。他们用巨木撞翻猴子，挥剑砍杀，戳瞎它们的眼睛；舞动长矛逼开卯，再用强弓射杀。哪怕是被凶猛的猴子打裂了骨头、敲破了脑袋的士兵，也要在临死前再奋力反击一下。站在他们上方的弥与，巫王的装扮焕然一新，赤土文面极其耀眼。她放声高唱战歌，寒风中飘荡的歌声让士兵们斗志昂扬。

被砍断了腿的猴子们倒在延伸到海边的水田里。本来单单这

种程度的伤势,应该立刻就能爬起来的,但在这住吉津的水田里,它们就像被麻痹了一样颤抖着无法动弹。鹰早矢不停地大叫:

"掀翻它们!踹倒它们!怪物禁不起盐水!"

之前趁涨潮时掘开堤坝,将整个水田灌满了海水,所以现在只要把怪物踹倒在水里就行了。平时派不上用场的羸弱士兵,甚至连没什么力气仅仅是身手敏捷的孩子们,都可以瞅准时机取得不小的战果。

快到中午的时候,阵地周围的怪物残骸便堆积如山。照这样子下去,人类说不定真的可以击退怪物。

然而一声叫喊颠覆了战况:

"南壕被攻破了!"

南面的壕沟注满了海水,本来比城栅更为坚固。但是猴子们向那里前仆后继地拥去,即使自己的身子腐烂也在所不惜,硬生生架起一座尸骸之桥。剩下的猴子从那里一拥而入,在阵地里肆虐起来。

就在此时,从另一处也传来悲痛的叫声:

"鹰早矢大人遇难了!"

弥与也看见了。鹰早矢在第一线射杀了无数卵,箭射完了就用巨大的铁棍和猴子短兵相接。然而有一只卵从他背后偷偷潜来,随着寒光一闪,鹰早矢的头颅高高飞起。

他的死给士兵带来了巨大的打击。在以他为中心的五十步范围内,所有的士兵都怔住了,就像遭遇雷劈般动弹不得。紧接着的一瞬间,冲上来的猴子们把他们全都砍成了碎片。

顾不得哀悼鹰早矢这位勇猛无比的大将,弥与从阵门上跑下去支援。一群信蜂盘旋在她头上。那是王剩下的最后十几只,都派来护卫她了。它们向猴子扑去,有几只成功啄破了猴子的眼睛,让疲于奔命的士兵们发出稀稀拉拉的欢呼。

但也仅此而已。连续不断冲进来的猴子们把信蜂一只只击落打碎。

无法继续支撑战线的士兵们不得不连续后退。有人在喊："弥与!"弥与回过头,只见《使令》之王正从稍远一点的地方赶过来。

就在此时,勾玉发出了声音:

"向全信使以及能听见的全人类传达。维多利亚湖畔基地的最终防线失守,我的本体很快将被破坏。不过,此刻接近中的敌军都是在基地周围五十公里半径内的集群诞生的。只要破坏这些集群,应该可以歼灭百分之八十非洲战线的敌军,因此我将使用残余的反物质自爆。爆炸能量大约里氏九级。附近友军请立刻开始退避。周边各站点请做好对地震和电磁冲击的防御准备。印度洋岸的友军请防备海啸。"

"弥与殿下!"

甘赶上来与弥与背靠在一起,残余的士兵也集中过来。每张脸上都写满了"这样就全完了"的表情。弥与叫道:

"不要放弃,向海滩跑!"

弥与带着他们向沙滩后退,简直像是从阵地挤出去一样。《使令》之王死守在后面。

"接下来,是向各信使的个别传达——奥威尔,还有弥与,直到四分钟之前,我还在观察你们的行动。我很担心。在所有的战线中,你们这边的战斗是最艰苦的。很遗憾没能腾出手协助。我如果有余力的话一定会——"

"你说什么呢?"弥与嘲笑道,声音中带着优越感,"你除了夸夸其谈,还能干什么? 你就打算靠嘴皮子战斗吗? 别自欺欺人了。这是我们的战斗。就算没有你,我们也会战斗到底! 蛊惑的魔女,快滚吧!"

勾玉沉默了。卡蒂似乎陷入了沉思。士兵们一路边放箭边撤退,护着弥与跑进冰冷刺骨的海水。冬天的海浪哗啦啦地冲击着全身。

"你们不需要我?"

"嗯!"

"原来如此。这种精神让我感慨不已。这样说不定会有答案吧——我没有研究过我不存在的时间枝走向。"

卡蒂又沉默了。她在思考什么,弥与完全无从推测,不过当她终于重新开口时,语气里洋溢着从未有过的轻快:

"谢谢你,弥与。你的话似乎正适合给我送终啊——告知我死亡本身也有意义。好了,祝你健康平安。"

声音断了。

弥与有一种猝不及防的感觉,最后竟然被那个目中无人的魔女感谢。

弥与的困惑猛然间化做巨大的愤怒:

"—— 一个人随随便便死什么死!"

自己还没有见过她真正的模样。在她离开之后,弥与才第一次感觉到她是何等重要的存在。弥与并没有期盼过这样的结局。说话啊,混蛋! 反驳啊,混蛋! 无声无息的死什么死啊,混蛋!

短暂的沉默,转眼便被周围连续不断的爆炸声打断。还剩几只有火筒的猴子,正朝冲进海水中的士兵们放出火弹。

沸腾的水汽中,弥与俯着身子怒吼:

"大家没事吧!"

"没事!"

士兵们喊道。大家差不多都潜水避开了火弹。弥与稍微放心了些。

但帮助残兵退却的箭射完了。

放眼望向沙滩,弥与倒吸一口冷气。留在最后的《使令》之王被七八只卵围住了,身上中了数刀。

"奥威尔!"

弥与悲号起来。士兵们顺着她的声音望去,发现了王的遭遇,也跟着一个个哀号起来。

不下五十名士兵带着赴死的决心赶过去,将倒下的王拉进海里。他们托着浮出海面的王,将他运到弥与所在的地方。弥与搂住他的身子,看见在他胸前、腹部都让人毛骨悚然的深深裂口。

"奥威尔,振作点!"

"弥与吗……"王还睁着眼睛,但是声音已经哑了,嘴角还流着细细的血丝,"我听到你了,心里很畅快。"

"快点治伤吧。能治的吧?"

"在治,所以不要哭,听我说。守护人类才是最重要的。国家啊,故乡啊,都不重要。那些东西重建就是,没有也没关系。只要有人,有人就行。"

弥与的手被一股强力紧紧握住,简直连骨头都要呻吟起来。弥与放心了。

"知道啦,先别说了。受伤的人别说那么多话。"

"沙佳。"

"什么?"

王的视线在空中游荡,落在弥与脸上。

"啊,弥与——"

突然,王的脸上失去了生气,浮现出平静的表情。

弥与用尽气力握住王那只筋疲力尽的手,但刚才感受到的那股强力消失了。弥与的双腿颤抖不已,喊着"奥威尔"的名字,轻触他的脸颊,然而那双眼睛已经再没有一丝生气了。

弥与握着他的手,撑住自己的身体,死死咽了好几口唾沫。不管再怎么用力闭眼,也无法阻止滚烫的液体溢出眼眶。

伴随着哗啦的水声，飞沫溅起。士兵们都没了力气，一个个屈膝跪倒，有人放声大哭起来。抱着王的士兵们，眼泪滴落在王的脸颊上。号哭声扩散开来，感染了整个队伍。

但弥与没有崩溃。她用尽力气，深深吸气，把呜咽压在自己的喉咙里。一次、两次、三次。然后她开口说：

"黄幢。"

弥与抬起湿漉漉的袖子，胡乱擦擦眼睛，放眼打量周围，凄凄惨惨的脸庞一张接一张。弥与再次深吸一口气，用她能发出的最大声音吼道：

"竖黄幢！竖卑弥呼的大旗！我还站着！"

士兵们抬起头，一个个都惊讶不已，像是以为自己听错了。弥与放开王的身子，用力握拳，赤红的眼睛睥睨周围：

"站起来！向北，向西！怪物进不了海。去奴国，去对马国，去汉土，不管去哪儿都要活下去！站起来，不要哭！忘掉故乡！只要我们还在，邪马台国就不广！人绝不会输给怪物！"

呜咽声停了。士兵们一个个站起来，聚集到弥与周围，仿佛忘记了海边那些正在窥探这里的怪物。没有黄幢，在东夷的时候就破了。但是一个士兵在矛尖挂上了旌旗，那是一面破裂污秽的小旌旗。弥与走到下面，放声喊道：

"你们要不要与我同生共死，战斗到底？！"

"要！"周围响起应和的声音。弥与回头又叫：

"哪怕是游也要游过海去！就算到汉土也随我去！"

"好！"又是强有力的应和。弥与迎着海浪向北走去。

"来！活着的人全都来！"

"好！"

甘叫道。千余士兵放声应和。那是足可以压过北风的威风凛凛的呐喊。

天上骤然闪过一道白光。

抬头仰望的弥与，几乎无法相信自己的眼睛。那里有船。那是船吧？如果那全身覆盖着铁甲、长度恐怕足有一里的漂浮的巨大物体能够称之为船的话。

接下来，怔怔地望着船身的士兵们的脸颊被洁白的光芒照亮，从浮船的两舷射出如针一样纤细的密集光芒。

光芒横扫过沙滩、阵地、水田。紧接着，就像追随那些光芒一样，火焰冲天而起，仿佛地底的熔岩从大地的裂口喷出一般。

怪物们的大军顿时被火焰吞没。漫山遍野的怪物如同碎石一样被弹飞、被碾碎，一边被烧得四处逃窜，一边发出凄惨的嚎叫。

热风向着海里的弥与扑面而来。弥与用湿透的衣裾盖住自己的脸，震惊地看着岸边。

光芒再度闪烁了几次，每一次都伴随着大地的震动和灼热的强风，连弥与他们都能感觉得到。等到强光终于减弱下去，眼前的光景直让弥与怀疑自己的眼睛。

熊熊燃烧的大地，满眼都是融化的赤红。水田变成了灰白的荒地，似乎灌进去的海水在一瞬间蒸发了。无数怪物的尸体层层堆叠，喷出让人几欲呕吐的恶臭。

"下来了！"

士兵的叫声让弥与回过头，只见浮船正在慢慢降落到海上。

不久，从那船上出来一只小船，向这里划来。有人站在船头。弥与眯起眼睛仔细打量，忽然间捂住了自己的嘴。那足有一丈高的魁梧身影，难道是……

小船来到弥与身边，船头的男子纵身跳下。弥与用颤抖的声音问：

"……奥威尔？"

"不，不是。我是欧米茄。21世纪时间军，探路者。"

"不是?"

明明如此相似的声音和相貌也不是吗? 不对,仔细看来确实有所不同。来者下颚的线条更坚硬,头发的颜色也更淡。这个男子看来要略微年轻一些。

欧米茄打量周围,走到士兵守护的《使令》之王身边,向他眼中望去。在两个人的眼睛之间,仿佛闪过一道如同丝线般纤细的光芒。

"不要碰!"

怒不可遏的弥与飞奔过来,欧米茄立刻离开王的身体。欧米茄的喃喃自语声传到弥与的耳朵里:

"信使O,原来《魏志》记载的都是真实的啊……你竟然一个人坚持到这种程度……"

欧米茄向着《使令》之王站直身体,以左手触碰额头。看到那奇妙的举动,弥与感到其中也许蕴含着某种敬意,不禁停下脚步。

回过神的欧米茄说:

"您想指定这一位的葬礼形式吗?"

"葬礼? 还没有想这个问题。但我不会把他让给你的。"

"那么就交给你了。请厚葬他。"

"你是谁?"

"这个问题该从哪里说起才好……"

欧米茄微微侧首,弥与怀疑地追问道:

"你是《使令》中记载的来援者?"

"是的,我们是来讨伐ET的。帮助你们讨伐敌人。"

"为什么现在……为什么不早点来?! 要是早点、早一点点来的话,王也不用死了! 还有鹰早矢,还有倭国的士兵!"

弥与愤怒无比,眼中几乎都要喷出火来。面对她的逼问,欧米茄却只是沉静地摇了摇头。

"很抱歉,我们无法在这个时间点之前赶来。至于原因,是因为我们的时间枝刚刚产生,它是在这一战中新产生出来的,是因为您才产生的。"欧米茄再度以左手触额,以恭谨而慎重的语气说,"您是卑弥呼女王吧?"

"对。"

"248年末,住吉津之战。怪二万来攻,邪马台军临溃,卑弥呼叱咤激励,然终不敌而走。后,女王复立国,全倭种,绵延后日,以为日本国之基……这是我们所知的正史。"

欧米茄的眼中,洋溢着如同和永别的母亲再度相会的温暖和敬慕。弥与仔细品味了半晌他说的话,随后开口说:

"那么,你是我的子孙……非常非常遥远的子孙吗?"

"是子孙创造的知性体——啊不,是的,我是您的子孙。我的远祖就是卑弥呼您。没有您的话,整个世界的战线都会受到波及进而崩溃。我谨代表全人类和全历史,向您表示深深的谢意。"

欧米茄深深鞠了一躬。弥与垂下头,不知道该说什么才好。

再次抬头的时候,欧米茄已经回到了小船上。

"你去哪里?"

"我去东方。打倒ET。"

"你要丢下我们?"

"我们和干涉一切的信使不同。我们接受的命令是,除了讨伐ET之外,绝不要触及历史。因为这一时间枝上的历史已经很完美了。在这里的正史中,ET在我们的协助下被成功击退。所以我们时间军的任务仅此而已,不多也不少。而且——"掉转回头的小船上,弥与看见欧米茄的笑容,"您是极讨厌干涉的人,对吧?"

"欧米茄!"

小船在海上飞速掠过,重新回到大船之中。不久之后,大船也重新升起,越过弥与他们的头顶,消失在东方的天空。

迷惘的士兵不知道发生了什么，纷纷聚集到弥与身边。

"尊上……"

"女王？"

"我们赢了。"筋疲力尽的弥与呢喃道，"我们的呼唤召来了援军。怪物不会再来了。《使令》之王为我们扫平了一切。"

弥与眺望周围，全都是半信半疑的表情。说来也是，弥与想。他们正被自己施下的强力咒语束缚着。要想解除这个咒语，需要想个办法让他们冷静下来。

那个办法正在眼前。

"给《使令》之王下葬。士卒们，把王抬上陆地。修筑大墓①。士卒的尸骨也都集中过来，一起埋葬。然后……大哭一场吧。直到哭干眼泪为止。"

王的葬礼——这个词似乎重重击中了他们的内心。围着尸体交头接耳的士兵们，拖着沉重的脚步开始向沙滩走去。没有喜悦的欢呼，只有困惑的神色。这副光景还会持续一段时间吧。

不过……

"弥与殿下。"

走在旁边的甘，眼中蓄满泪水。他在王死的时候都没有发出声音。

甘用只有弥与能听见的声音说：

"我曾经一度有过这样的念头：《使令》之王要是不来就好了。因为他夺走了弥与殿下。可是，因为这，王……"

"没事的，甘。"

"我……我太坏了。"

甘哭了出来。迎着寒风，他的哭泣声远远传了出去。士兵们

---

①真实历史中，日本奈良樱井有一座"箸墓古坟"，有历史学家认为那就是卑弥呼女王之墓。

跟着一起抽泣起来。

弥与握住他的手,心中涌起对这个孩子的怜爱。他曾经嫉妒过《使令》之王呀。从今往后,他还会一直陪伴在自己身边吧。陪着自己回忆《使令》之王的点点滴滴,陪着自己一起慢慢变老。

"你能活下来,我很开心。"

弥与擦去眼中的阴霾,向前望去。不能哭,因为卑弥呼必须再度建起邪马台国。

还必须守护王的陵墓,继承王的遗志。

时间枝Ω

日本 公元2010年

时间军旗舰塞昆杜斯·米努土司·侯拉①静静停靠在关西宇宙港。刹那间,岸边烟火四射。

探路者欧米茄深深埋首,回顾自己的记忆,甚至没有注意到从舰桥上便可以看到的盛大庆典。

欧米茄的记忆是从《使令》之王的尸骨中读取来的。

也就是从仅在《魏志·倭人传》中记载的、传说中的原初信使处继承而来的记忆。

在历史上,信使的存在一直被学术界认为仅仅是传说而已。但随着18世纪挖掘调查的深入,人们开始重新审视自埃及传播至整个非洲地区的奇异传说,考察它的现实可能性。被称为《四百枝录》、又名《小虫物语》的那个传说,包含了三百篇以上的故事,除去结尾部分之外的各篇,在相互之间毫无关系的民族中口耳相传,或被刻在石头上。其中的所有内容都可以解释成是对时间战争的隐喻。

到了20世纪,曾经被认为是陨石撞击口的维多利亚陨石坑中,科学家发现了反物质爆炸的痕迹,这也最终成为决定性的证据。直到西历300年左右,有人一直在地球防御ET的攻击,这一推测变成了公认的事实。

---

①语出德国作家恩德的著名童话《毛毛:时间窃贼和一个小女孩的不可思议的故事》,塞昆杜斯指"秒",米努土司指"分",侯拉指"小时"。

　　这一次派遣时间军,也有调查传说真伪的学术意义在内。不过,欧米茄则是从一开始就对信使的存在深信不疑。

　　即便如此,他的发现还是远远超出了他的想象。太厉害了……从信使O的尸骨中读取的那些战斗记录——从26世纪第一次遭遇ET,到十万年间的数百次战斗,欧米茄越是分析,越是生出无尽的感叹。无论是作为学术资料,还是作为战士的功勋,这份记录都有着无可衡量的价值。但欧米茄所感叹的还不限于此。有了信使O的记忆,欧米茄就像是在回顾自身的过去一般。

　　作为知性体,欧米茄本来就是作为接受知性体记忆的容器而创造出来的。起初对于自己只是继承他们的记忆这一点,欧米茄还有所抵触,但他所接受的记忆是如此伟大,足以抵消这种细微的不快。

　　能够了解这个人……不,是能够继承这个人的思想,实在是一种无上的光荣。在接下来必然会发生的、横亘过去未来的与ET的战斗中,这份记忆一定会起到无比巨大的作用。

　　不过欧米茄也有一点意外。一般来说,伴随着巨大的战功,必然会产生一种作为战士的自傲或者自负。然而在信使O的记忆中,丝毫没有那种东西的痕迹。

　　这就是说,对于信使O而言,那些东西仿佛并不重要。在他的心中,似乎仅仅将其视为无尽旅途的一部分而已。

　　那是一种怎样的感情呢……欧米茄终于发现了,那是一种空白,一种原本占据那片空间的东西消失了的感觉。没有了,不见了,消失了,空间里只剩下无尽的寂寞,心灰意冷。

　　只是一片小小的空白。然而考虑到那片空白在漫长旅途中所产生的效果,欧米茄不禁感到脊背一阵发凉。如此这般的永恒……

　　"你在哭?"

站在窗边的舰长将欧米茄从沉思中唤醒。欧米茄用手指擦擦眼角，回答说：

"没有。"

"到码头了。很盛大的欢迎仪式啊。"

欧米茄站起来，向舱口走去。

来到码头，才发现舰长的说法太轻描淡写了。码头上人山人海，连特别开放的宇宙港停机坪都填满了，每个人都在不停地挥手。搞不好首都大阪的一半人口都集中到这儿来了吧。

世界史上一直侵扰各地的ET灾害第一次被彻底清除，受到欢迎也是当然的。不过就单纯地看热闹来说，这里的人也未免太多了点。

"搞了很大的宣传啊。时间防御省真是乱花钱。"探路者阿尔法喃喃自语。

欧米茄微笑着回答："别这么挑剔嘛。这样子也不错。"

黑人模样、身材魁梧的阿尔法惊讶地说："你变圆滑了？平时就数你最挑剔了。"

"是啊。"淡淡应了一声，欧米茄走上码头。

尽头有一群女孩子，怀里抱着欢迎的花束。时间防御省与联合国的高官都站在周围。不管想搞得如何热烈，这做得确实都有点过了吧——欧米茄正要皱眉，但是猛然间看到站在最前面的女孩，忽然便没有了讽刺的心情。

"辛苦了，探路者先生。"

女孩递出花束。她的发音和关西标准语有点微妙的差异。一头美丽的黑发，晒成小麦色的肌肤上画着独特的红色纹样，一枚仿佛是真品的勾玉挂在银项圈上。

古风的装扮却呈现出未来主义的风格。欧米茄想起来了，这是日本某处古老土地上一代代传承下来的民族服饰。

"你……是飞鸟①府的女孩吗?"

"呀,您知道的? 是的,我生在飞鸟。"

"能问问你的名字吗?"

欧米茄这样一说,女孩瞪大了眼睛,仿佛有些出乎意料。她像是在思考什么,眼睛滴溜溜转了一会儿,随后又狡黠地眨了眨,说:

"我们以前没见过吧?"

"我想是的。"

"我叫沙夜②。"

"沙夜啊。"欧米茄一边惊讶于自己胸口的剧烈跳动,一边小心翼翼地说,"以后也想见到你。"

"哎? 唔……真的?"

女孩的脸颊红了。

欧米茄点点头,接过花束。

---

①位于奈良县高市郡明日香村,此地是日本飞鸟时代(公元592~710)的都城和宫殿所在地。

②"沙夜"与"沙佳"的日语发音近似。

番 外

阿尔瓦拉的潮声

房间的角落里，涌起水蓝色的柔和微光。

"唔……"端坐在地的瘦小人影抬起头。

地板、墙壁、天花板，全都是由人腿粗细的玄武岩柱石组合而成。人工种植的红树树根缠进岩石的缝隙里，将它们牢牢固定住。

窗子很小，只有一扇，勉强能透进一点点光线和微风。不要说成年人，连孩子也钻不过去。门也堵死了。

这是为了斋戒。房间的主人身份高贵，为了进行二十八天的冥想，房门紧闭，缝隙用珊瑚砂填满了。房间的地上散落着俭省下来的椰子，还有已经吸光了汁水的椰子壳。

空壳比未食用的椰子多五倍。

房间的主人，即将结束漫长的冥想。

房间角落里的微光向旁边挪动起来，像是在窥探那精疲力竭的人影一样。

那是什么？房间的主人想。

神官们说过，在冥想的中期，可能会看到各种幻觉。自己也的确看到过各种妖异的事物，不过那已经是十天前的事了。如今已经是冥想的后期，自己的心灵和这个昏暗房间里的空气一样，恢复了沉静。本以为已经不会再看到幻觉了。

但是，却看到了微光。

它在动。它似乎知道房间的主人无害，正在一点点靠近。

最终，它来到房间的主人面前，随即升腾起来，化作薄而高的形状。

真美呀。房间的主人想，就像是从海底看到的水面。

耀眼的蓝色光芒摇曳不定。

突然，它说话了。

是提问。

……吗？

房间的主人很吃惊。因为它问的正是主人长年的期盼。

……吗？

它又问了一次。可怕的、残酷的问题。主人也不禁犹豫了，将手撑在背后，下意识地想要退后。

那手碰到椰子壳，响起干涩的声音。

啊，主人慢慢想了起来。是的，这是我被赋予的命运。

被强制赋予的命运。侍奉阿尔瓦拉的神官们，号称要进行斋戒，把自己关进这座圣庙。他们并没有仔细计算过椰子到底够不够。如果不是自己精打细算、省吃俭用，根本活不到今天。

明天，当自己活着走出这里的时候，一定会被视为奇迹之人，获得盛大的祝福吧。

但即使没能活着出去，神官们也不会受到任何惩罚。哪怕开门之后发现自己活活渴死在这里，他们也只会说这是神意。

然后，挑选出新的牺牲品。

几十次、几百次。

从这座岛的兴盛之晨，到这座岛的破灭之夕，不断重复。

这可悲的事情，再也不能重演。

这可恨的循环，必须奋力打破。

所以我……

——你想毁灭世界吗？

面对这个问题，主人用力点头。

圣庙的通风孔中，传出悠长的哀号。

狂暴的季风将椰子树的树叶吹得哗哗作响，带走了哀号声。

船回到了波纳佩岛的海边。古铜色肌肤的魁梧战士们，腰上只缠了一块布，纷纷从船上跳下，把船拉上沙滩。堡礁周围还有一阵高过一阵的浪头。

女人们欢声四起，跑出来迎接。她们都做了精心打扮，身上满是文身和鲜花。这是为了吸引优秀的男人，让他们讲述自己的武勋。

即便是在这一大群女性中，有着一头波浪黑发的见习魔法医生、美丽少女拉薇卡的声音，依旧清晰悦耳。

"卡卡普厄，欢迎回来！"

"细叶"库·朴萨，冷眼看着这喧闹的场面，无精打采地朝船队溜达过去。

库·朴萨不是战士。他的身体太瘦，跑得太慢。会有"细叶"[①]这个绰号，也是因为他瘦得像是细细的叶子。去年，他没能完成"战士之奔跑"。

"战士之奔跑"是一项仪式，挑战者需要环绕波纳佩岛一周，途中要经过森林、沼泽、潮水汹涌的入海口、鲨鱼出没的浅滩。没有经历过这个仪式，就不会被视为战士。

库·朴萨觉得就算再过一年，长到十六岁，他也完成不了这个仪式。他已经放弃了，觉得自己不如就像现在这样混下去算了。

现在的库·朴萨在做船工。摆弄石凿和莒绳，修理战舰和渔

---

①库·朴萨的名字是"细叶"的意思；当单称"朴萨"时，意思则是"繁叶"。

船。在这方面,大家认为库·朴萨的技术还不错,他自己也喜欢这活儿。他希望将来能得到名师指点,成为建造新船的大船工。

不过,做船工,就不得不放弃一个指望。

女人。

在阿尔瓦拉族,唯有战士拥有选择女人的权利。如果战士看中某个女人,其他人必须让步。女人们也会出于憧憬和实际打算,主动接近战功卓著的战士。工匠必须从战士手里接受食物,所以地位不高。

库·朴萨目不斜视,既不看女人,也不看战士,和其他船工一起,爬上炙烧挖凿大树树干而成的战船,检查吊船帆的绳索以及凸出船身的副体是否正常。

槌声很响,不过库·朴萨敏锐的耳朵还是听到了船外人们说话的内容。

"洪朴莱叛乱?"

库·朴萨停下手头的动作,抬起头。战船船头聚集了一大群战士,白须的特库特瓦站在其中,严肃地点点头。他是船长阶层的人。

"对。洪朴莱的族长克拉德莱克违背了盟约。日月在上,他们成了我们阿尔瓦拉、奥塞奥塞、通卡涛和阿维奈所有族人的敌人。"

"为什么?"

"真的吗?"

"当然是真的。你们看!"

另一条船上的几名战士从船底抱出一样东西,让女人们和后来赶过来的老人纷纷倒吸一口冷气。

那是一具尸体,被剥得精光,上半身已经焦了,就像岛上经常做的烤猪一样。四下里顿时哀号起来。

"卑鄙的洪朴莱害死了一名战士!"人们纷纷叫喊。自从阿尔瓦拉与各族结盟,获得如今的地位以来,几十年间还从未有过这样的事情。大家都感到非常震惊。

库·朴萨也很吃惊。洪朴莱是盟约中相当强大的部族。他们的岛屿也隔得很近,乘船前往用不了两天时间。

如果他们叛乱,会有一场大战。

但他们为什么要叛乱?长久以来,洪朴莱一直都很顺从阿尔瓦拉。他们应该很清楚彼此的力量差距。

库·朴萨心中正觉得疑惑的时候,就听到特库特瓦下达了严厉的命令。

"阿尔瓦拉的男女老少,洪朴莱已经成了我们的敌人。把流着洪朴莱血的人抓起来!"

在场的百余人中,大约有一成人惊慌失措,转身就想逃走。周围人纷纷抓住他们。南海人素来就是共同御敌的,有洪朴莱血缘的人当然都要抓起来。

库·朴萨正想从船舷爬下去,躲进船影里,却被叫住了。

"站住,库·朴萨!你和那个老太婆都是洪朴莱人吧。"

回过头,战士诺克和他的跟班奥利德、巴莫站在一起。这是个讨厌的家伙,喜欢欺负弱者。库·朴萨心里叹了一口气。

"婆婆不是,太婆婆才是从洪朴莱来的。"

"都一样。来吧,给我滚进'洁白之家'。"

库·朴萨垂下头,仿佛浑身都没了力气,站在原地,一动不动。

紧接着,他猛地一踢沙子,然后飞跑出去。只要能钻进森林,逃去采石场,就可以逃脱禁闭了。因为这样一来,人们也不会担心他与原来的部族联系。

"别跑!"

诺克等人追了过来。转眼工夫,库·朴萨就被几个人抓住,按倒在沙滩上。由于他试图逃跑,所以脸上挨了两三拳。

"还敢逃跑。"

诺克来到面前，踢了他一脸沙子。库·朴萨咬紧嘴唇忍耐。

就在这时，响起少女怒气冲冲的声音："住手，诺克！"

一听到这声音，库·朴萨就想大叫：不要过来，不要看我……

近处响起踩在沙子上的脚步声，库·朴萨眼前出现一双戴着樱贝饰环的细细脚踝，他抬起头。

拉薇卡披着阿维奈一族独特的披肩，那质地仿佛是透明的。她昂首挺胸，与诺克怒目相对。

她身边还站着一个人，是库·朴萨最讨厌的男人。

"没事吧，库·朴萨？"

那个高个子青年，身材矫健，眼光锐利。他蹲到库·朴萨身边。在他胸口，用打磨的珊瑚串成的战士项链摇晃不已。

他抬头看看诺克，静静地说："放开。他是我的朋友。"

"闭嘴，滚开，卡卡普厄。这家伙是敌族的人。"

诺克和跟班举起枪。卡卡普厄冷冷地扫了他们一眼，那岩石般镇静的态度，正戳到库·朴萨的痛处。

——这混蛋，又耍帅……

卡卡普厄的父亲是船长。而他自己则是去年第一个完成"战士之奔跑"的勇士。不仅如此，他在"战士之奔跑"的过程中，在浅滩上刺瞎了两只鲨鱼的眼睛，杀死了它们，又在水流湍急的入海口，救下了一名快要淹死的同伴。卡卡普厄勇猛、和善，又擅长航海。人们都认为这个年轻人一定会成为出色的船长。许多姑娘都对他芳心暗许。

拉薇卡冷冷地说："我母亲也是洪朴莱族。上个月我还刚见过她。按道理说，带走库·朴萨之前，是不是应该先抓我啊？"

在她毫不示弱的态度前，诺克几个人畏缩了。拉薇卡是阿维奈族的男人让洪朴莱岛的女人生的孩子，而阿维奈是阿尔瓦拉族最重要的盟约部族。阿尔瓦拉族的最高权威,大船长曾经郑重声明,决不允许做出任何有损两族关系的事。

诺克恶狠狠地瞪着拉薇卡和卡卡普厄。他的枪尖一点点抬起来。卡卡普厄眯起眼睛,正要起身。

就在这时,船长特库特瓦的声音传来。

"战士们,去神殿集合。开会了!"

"……船长召集开会,下次再收拾你。"

诺克收起枪,带着他的跟班走了。一直被按住的后背终于解放,库·朴萨用力吸了一口气,结果喉咙里吸进了沙子,他激烈地咳嗽起来。

拉薇卡蹲到他身边,伸手拍他的后背。

"没事吧,库·朴萨? 离他们远点吧。"

"我是想跑,但被他们拦住了。"

拉薇卡把手放在库·朴萨被打的脸颊上。库·朴萨感受到微微的温暖,挨打的疼痛仿佛溶解消失了一般。人们都说,拉薇卡这么温柔,一定会成为阿维奈的下一任大巫女。

"好了,没事了吧。"

库·朴萨听到她的温柔声音,心中反而更加难受。他站起身,卡卡普厄也跟着站起来,把手放在他的肩膀上。

"对了,我很喜欢你。你拴帆网的船跑得飞快。下次和我上一条船吧。"

"……我不是战士。"库·朴萨拨开卡卡普厄的手,转过身,背对着两人爬上船去。不过爬到一半,又觉得这样太忘恩负义,回过头说:"我帮你们看看船吧。"

"谢谢,你真是个好人,库·朴萨!"

听到拉薇卡开心的声音,库·朴萨在船里捂住了脸。

为什么看看船,你也要谢我呢? 他在心里嘟囔。

阿尔瓦拉的人们聚集到了"天空与大海之间的土地"①上。因为大船工的吩咐，库·朴萨他们也来参加会议。

在南海，唯有阿尔瓦拉，才能一声令下就召集上千人的部族。这座名为"天空与大海之间的土地"的巨大神殿，也是阿尔瓦拉的人自主修建起来的。

首先从山上切割下一块块巨石，堆到双体船上，在陆地附近的礁湖浅海中建起纵横足有百步的框架。然后在框架里铺上珊瑚砂，再放上几万根石柱，堆到足有人身高五倍的高度，再在上面搭建平台，完成这座建筑。

这是历经数代大船长的漫长事业。能够实现这一成就的部族，唯有阿尔瓦拉。如今，南马都尔甚至成了这座村子的代名词。

遇到重大事情的时候，战士和部族里的男性都会像今天这样聚集到神殿来。每当此时，库·朴萨就会意识到自己部族的伟大。

只要有风有雨有阳光，就没有阿尔瓦拉的船不能前往的地方。

如果口口相传的传说可信的话，那么红树茂盛的波纳佩岛上的阿尔瓦拉族，早在五百年前，就驾船遍历了南海诸岛。他们通过优异的航海技术和高超的战斗能力，不断扩展势力范围，往西抵达黝黑皮肤的人居住的兽之大陆，往东抵达红色皮肤的人生活的冰雪之峰。

阿尔瓦拉依靠无比强大的武力，控制了周边的诸多部族。在地理位置接近的洪朴莱岛、乌伊瓦伊岛上，阿尔瓦拉杀光了他们的头目，只留下傀儡族长，派遣神官牢牢掌握权力。那些岛屿，从此便完全从属于阿尔瓦拉。目睹他们的下场，其他部族害怕自己落得同样的命运，主动归顺阿尔瓦拉。

―――――――――

①即南马都尔神殿。在当地语言中，"南马都尔"意指"天空与大海之间的土地"。

贸易民族奥塞奥塞，掌握使用贝壳的独特记录方法，承担诸部族的贸易往来。

建造部族通卡涛，石造建筑的技能比阿尔瓦拉还要优秀，号称连山都能撼动。

祭祀民族阿维奈，拥有令人惊异的魔法医生。

这些部族都放弃了自己的船只和武力，拥戴阿尔瓦拉。如今，它们已经成为彼此不可欠缺的共同体。

而管理这一切的象征，就是这巨石神殿，以及如今站在众人面前的第五十二代大船长——南·萨普维。

他已经由快船得到了特库特瓦的报告。南·萨普维背对神官，面向众人朗声大呼：

"亲爱的血亲与盟约的诸族啊，少安毋躁，细听我言。两天前，我们深受信赖的资深船长特库特瓦率领的船队，遇上了可怕的事故——在我们忠实的盟友、洪朴莱族的岛上遭遇了深海涌出的巨大海浪！"

这话的意思是船队遭到了偷袭。听到这话，人们纷纷发出惊讶的叫声。

南·萨普维详细描述了袭击的经过。洪朴莱的人没有发出代表宣战的警告战吼，而是像平时一样，点燃篝火，迎接船队。随后，有奇怪的飞行工具从海滩上袭击过来。船头的哨兵被烧死了。特库特瓦当即做出判断，下令全员跳进海里。他们潜在海中，拖着船来到外海，才得以躲开飞行的工具。

对于洪朴莱的卑鄙行为，所有人都惊怒不已。听说还有死伤时，更是发出悲痛的叫喊。但当他们听到特库特瓦冷静沉着地下达指示，又纷纷拍手喝彩。

坐在最后的库·朴萨十分佩服。南·萨普维讲话非常有技巧，让人感觉身临其境。这就是大船长的风范吗？

南·萨普维在最后强调，洪朴莱的这种行径，是太阳与豪雨之神不可容忍的。向敌方的族长克拉德莱克降下制裁，乃是阿尔瓦拉诸部族被赋予的神圣义务。随后，他结束了演讲。

南·萨普维还未坐下来，人群便啪啪叩打脚下的岩石，发出狂热的叫喊。

随后的几天里，战争准备在阿尔瓦拉的大本营波纳佩岛有条不紊地展开。阿尔瓦拉派出了多名侦察兵，驾驶快速小艇出海侦察。又大量搜集香蕉和椰子等食物。

库·朴萨跟随通卡涛族的大船工，在港口专心组装新的战船，把女人们编织的亚麻帆布紧紧绑上茑绳，支在船上。

他正在船底工作，听到活泼的脚步声逐渐走近，像是很快活似的。那是战士诺克他们。诺克探头打量船只，嘲笑说："连船桨都拿不动，靠绳子倒能混口饭吃嘛。"库·朴萨充耳不闻。

不管这家伙说什么，库·朴萨都懒得搭理。

但是，当沉稳安静的脚步声走近时，库·朴萨的心乱了。

"库·朴萨，去看跳舞吗？"

浅黑色的脸庞从船舷下面冒出来。那是卡卡普厄。"我太忙了……"库·朴萨别过头。

"别这么说嘛。拉薇卡一直在跳。就算慰问也该去看看，她那么辛苦。"

所以我才不想去……但卡卡普厄一直意味深长地盯着自己看，库·朴萨无法集中精神。没办法，他只得放下工具，点点头。

"好吧。"

"好呀！走吧。"

嘿嘿嘿，卡卡普厄笑了起来，露出白色的牙齿。

获得大船工的许可之后，两个人并排走向神殿。每次和年轻姑娘擦身而过的时候，库·朴萨注意到她们都会回头看。

"大家都在看你。"

"看我干什么?"

尽管库·朴萨指出这一点,卡卡普厄好像也没什么感觉。总是这样。看到这个家伙,库·朴萨脑海中就会浮现出古老的谚语:"雨季不用求水"。

——而我一直都是旱季。

"呀,在跳舞。"

海上的神殿里,阿维奈的年轻魔法见习医生们,正合着演奏者的节拍,不眠不休地跳舞。从决定开战开始,一直到出战之日,她们都要不断跳舞,期间除了喝水,几乎什么都不能吃。这是规矩。

如果开战之日因故延迟,女孩子甚至会跳到昏厥,还有人会活活跳死。尽管大家都很反感,但规矩就是规矩,非得遵守不可。

两个人沿着浅滩朝神殿走去。走到近处,只见那神殿犹如小山般大小。

舞蹈期间,男子禁止登上神殿。

舞台上有传话的女孩,他们便请她去喊拉薇卡过来。很快,大汗淋漓的拉薇卡走下台阶。半裸的女孩身影散发着年轻气息,让两个人不禁移开目光。

卡卡普厄说:"差不多该休息了吧。"

"嗯。时针的影子进入四之刻的时候。"

"给。"

卡卡普厄递出偷偷带来的竹筒,拉薇卡重重咽了一口唾沫,却仓皇退了一步。

"现在还不能喝。"

"别怕,大家都在偷喝。只有你一个人死守规矩,会渴死的。"

"可是——"

"拉薇卡。"

卡卡普厄搂住犹豫不决的少女,把竹筒塞到她嘴边。少女楚楚可怜的面庞刹那间露出痛苦的神色。是受到罪恶感的折磨,还是因为对严厉习俗的反感呢?

最终还是诱惑胜利了。薄薄的嘴唇一旦张开,喝了第一口,似乎就切断了自制力的警绳。她一口气咕嘟咕嘟喝光了竹筒里的水。

喝完之后,拉薇卡把竹筒塞回来,转过身。

"喂,这就走了?再休息会儿呀!"

"不能偷懒。"拉薇卡快步走上台阶。

库·朴萨鼓起勇气,对着背影喊。

"拉薇卡。"

少女回过头。库·朴萨跑上前去,把一截手指长短的树根递过去。那是他偷偷带来的。

"艾奇的根。"

这是一种有魔力的药物,咀嚼时能让人头脑清晰、涌起力量。少女露出惊讶的表情,笑嘻嘻地接过来,插在腰布里带走了。

库·朴萨和卡卡普厄回到沙滩上,眺望神殿。咚、咚咔咚,契合着轻快的打击乐旋律,少女们犹如随洋流摇摆的海草,缓缓地左右摆动身体。

两个人并肩坐下,遥望少女,卡卡普厄忽然说:"上船吧,库·朴萨。"

"哎?"

"上我的船。这次我想听你一个明确的答复。"

库·朴萨大吃一惊。他本以为那只是卡卡普厄说说而已。真要上船,那是性命攸关的事,绝不是开玩笑的。

虽然心中欢喜,但库·朴萨并没有马上给出明确的答复。他反问道:"为什么让我这样的人上船?"

"不是说了嘛,你技术很好。我觉得你会成为非常优秀的船员,而且你也有资格成为船长阶层。"

这是说他的血缘。库·朴萨有点畏缩。

库·朴萨的祖父正是大船长南·萨普维。同祖父比较,自己就会显得非常卑微渺小。更令人羞愧的是,库·朴萨的祖母,是洪朴莱献来作人质的女子。库·朴萨不禁想大叫:我太没用了,不要对我抱什么期望!

但是,像卡卡普厄这种人,生来体格健壮,同时又极富人望,他无法理解库·朴萨的那种担忧。"上船还是不上船?"他追问。

对于阿尔瓦拉的男儿来说,被人邀请上船是无上的荣誉。拒绝的人,会被打上疯子的烙印。这可不是通过"战士之奔跑"能够挽回的。

"好吧,我上。"

库·朴萨只能这么回答。

两天后,侦察兵逐一返回,纷纷报告说敌方没有动静。

而洪朴莱至今都没有派来请罪的使者。

阿尔瓦拉举行了出战仪式。超过五百名战士在沙滩上列队,南·萨普维做了雄壮的演说。阿维奈的魔法医生割开手腕,流出鲜血,用那血给战士们描绘上祛魔的印记。

来到特库特瓦船上的魔法医生中有拉薇卡。卡卡普厄和库·朴萨接受了她的祝福。

"加油,让克拉德莱克清醒过来。"

连日的舞蹈早叫人筋疲力尽了,又由于失血的缘故,拉薇卡的脸色犹如幽灵一般惨白,但她还是露出微笑。

她们还有重要的任务,要为战士们平安归来祈祷。卡卡普厄用思念的手势悄悄触碰了她的手腕。

"海底的卡尼维斯之门打开了。去吧!"

远征队长特库特瓦,唤出迎接死者的海底神圣都市的名字,宣布出发。

"嗷嗷!"

库·朴萨和战士们一起,来到排列在沙滩上的船只下面,将之推向海面。他第一次用肩膀感受船只的重量。

蓝到发黑的天空之下,船队在黑水上迎着热风笔直前进。

好几块鲜明的积雨云排在头顶上的天空中,宛如白色巨石雕成的一般。

库·朴萨不是战士,所以他在船上备受排挤。其他人经常嘲笑他、戏弄他,抢他食物,甚至连解手的时候都不放过他。当卡卡普厄站出来的时候,其他人会稍微收敛一些,但只要他一转头,偷偷摸摸的欺负就又开始了。

库·朴萨没有哭,他咬紧牙关忍耐。支持他忍耐下去的——他自己也觉得可笑——是拉薇卡的笑容。他知道她是别人的恋人,然而他不想让她听说自己有什么羞耻的行径。因为她会对自己露出那样的笑容。

他站在船体侧面突出的副体上——其他人很难来到这里——遥望远方,侧耳细听。

对于听觉灵敏的库·朴萨来说,风声、浪声自不必说,就连远到超出石头抛射范围的海面上,大群飞鱼不断跳跃的细微声音、鲸鱼那恍若震颤的悠长呼吸声,他都听得到。然而,那并没有什么实质性的意义。在海上最重要的感官,终究还是眼睛。

阿尔瓦拉的水手,依靠远望的目力跨越大海。水平线上小小的云朵、飞过高空的鸟群、夜晚的月亮和星星,都是航海的道标。即使在空无一物的大海中心,也必定会有些醒目的标记。

另外,气味与味道也很重要。大海中心的水很苦涩,而接近陆地的时候,海水与淡水混合,味道会有所变化。至于花朵与河水的气息,即使远在水平线之外,也能闻到。哪怕是漂过来的浮木、停在船头的昆虫,也是分辨位置与方向的线索。

出色的水手所具备的,就是巧妙读取这些征兆的能力。

然而这些技巧,库·朴萨一个都没有。在海上,最没用处的就是听觉。

——反正我大概是做不了船员的。

这么自嘲着,库·朴萨将身体浸泡在南海的温暖海水里。

每天过了中午,就会落下暴雨,那激烈的雨水简直是在敲击头顶,让人骨头震荡。因为黑沉沉的乌云突然送来的瓢泼大雨,仅有两个投石距离的船间,都被水雾遮挡,看不见彼此。周遭全都是激烈的雨水声和落在船上的刺耳水声。

暴雨之后,必然会有干爽的凉风。男人们将船帆展开,接住雨水,饱饮一番,彼此一瞧,都是愉快轻松的表情。

为期两天的航海,转眼就过去了。

第二天的下午,船队接近了小小的火山岛,洪朴莱岛。从堡礁缺口处进入浅滩之前,各船的瞭望哨纷纷爬上桅杆,报告看见的情况。

"有船吗?"

"有!洪朴莱还没有出海!"

这是很好的兆头。如果他们的战士出海了,就要担心在其他岛遭遇他们的袭击。

而现在这种情况下,阿尔瓦拉的船队就可以直接登陆,征服对手。

船队穿过犹如堤坝般耸立的珊瑚礁,进入礁湖。外海的大浪骤然消失,恍若从未有过一样。水面极其平静,犹如空气般通透。

红树林包围的洪朴莱村里,不见任何动静。船只都在沙滩上。

库·朴萨也得到了一支枪,他把枪抓在手里,紧张地打量四周。他无意中往下面望去,只见一只体型颇大、形状怪异的藏青色动物,正在慢悠悠地往船下钻。

——乌贼?

不,哪有那种颜色的乌贼……

再度扫视四周,库·朴萨忽然没来由地一阵战栗。

礁湖里到处都能看到那种藏青色的动物,似乎都是这奇怪的乌贼。

"船长!"

库·朴萨大叫一声。但是,比他的叫声早半拍,陆地上也传来呼喝声。

"阿尔瓦拉的人啊,你们专程渡海来拜访,真是辛苦了!"

突出在海滩前的栈桥上,有个高个儿男人站在那里。他身上披着薄薄的披肩,只是没有阿维奈族那么华丽,脖子上挂着灿烂夺目的贝壳与石头首饰。那是高等神官——不,是统治者的服饰。

特库特瓦站在船头,怒吼:"克拉德莱克,我们来让你偿还你的罪行!从你犯下罪行之日到现在,已经过去了好几天,你已经错过了认罪的机会。等我们抓住你之后,你再后悔吧!"

"是特库特瓦吧?你说了我想说的话。我们已经受够了阿尔瓦拉,不想再让你们掌握大海了。现在赶快发誓让出白昼与夜晚的大海,烧掉所有的船只,我还能留下你们的性命!"

这番话傲慢至极,阿尔瓦拉的战士纷纷发出怒吼。

船队离海滩只有两个投石的距离了。

特库特瓦握枪大叫:"你到卡尼维斯后悔你说过的这番话吧!"

他绷紧臂膀上的肌肉,用力掷出木枪。虽然特库特瓦已经须发皆白,但战士的强大臂力,还是让那枪奇迹般地直飞到栈桥上。

咚的一声,木枪紧插在克拉德莱克身侧。战士们欢声四起。

欢呼声在克拉德莱克的目光扫视下，逐渐平息。

"我警告过你们了！"

话音未落，令人震惊的异变骤然发生。

树林里闪起数道奇怪的红光，照到船帆上。数不到五下，船帆就噗的一声，熊熊燃烧起来。

"什么?!"

"仔细看好了，这就是我们的力量！"

犹如闪电般锐利的光之枪不停闪烁，将船帆尽数烧毁。篙绳断开，熊熊燃烧的帆布落下来。

库·朴萨意识到敌人是要摧毁船只的动力。他们是打算困住阿尔瓦拉的战士，再一个个慢慢杀死。

连毫无经验的库·朴萨都能察觉到敌人的动机，特库特瓦当然也看穿了他们的意图。也许从上一次失败的时候开始，他就筹划过作战计划。特库特瓦向各船下令。

"跳下去，跳下去，游到岸上！"

战士们一齐跳下大海。卡卡普厄和诺克等人也从库·朴萨所在的船上飞身跳下。库·朴萨半是躲避闪电，半是跟随大家，也要飞身跳下。就在这时，特库特瓦喊住了他。

"小子守船！"

库·朴萨正要回话，特库特瓦也飞身跳下，朝岸上游去。库·朴萨把烧尽的帆布割下来丢掉，低下身子，几乎贴着船底，看战士们游向岸边。

近五百名战士扛枪划水游向岸边的景象，可谓壮观。海面都被他们卷起的水花铺满了。红光改变了方向，要瞄准海里的战士们，不过他们散得很开，红光很难射到。

洪朴莱岛的战士应该不足百人。在树林里看到这一幕，都要吓得站不住了吧。

库·朴萨不禁为洪朴莱岛的人哀悼。他们做出了愚蠢的挑衅。本来只要老老实实跟随阿尔瓦拉,献出一些贡品和人质就能平安无事……

"救命——"

库·朴萨好像听到战士中间传来惨叫声。往那方向看去,却又没看到受攻击的样子。

库·朴萨皱起眉头。听错了吗?

不,不对。的确是惨叫。

明明没看到敌人,阿尔瓦拉的战士却一个个从海面上消失了。奋力游泳的同伴们都没注意。库·朴萨立刻用水桶哐哐地敲击船舷,大叫:"当心! 水里有东西!"

当鲨鱼之类的危险生物接近时,就是这样发出警告。战士们立刻做出反应,持枪观察周围。大家掀起的水花顿时收敛了。留在船上的少数几个人,发现无数藏青色的色彩汇集到战士们周围。

——是那个乌贼!

奇怪的动物用触手缠住战士的腿,一个个拽下去。仔细观察海里,可以看到有人形的物体被飞速拽下去。有些在半路就被折断或不成人形了,不知道是不是拽的力量太强的缘故。看起来很平静的景象,表达的含义却很残酷。

战士们很冷静。他们习惯于来自大海的威胁,就算同伴被拽下去也毫不畏惧,纷纷瞄准藏青色的影子,挺枪扎下。有几只乌贼被扎中,浮了上来。

但是,那点伤害根本无济于事。乌贼的数量太多,而且动作也快得惊人。人头消失的频率,丝毫没有降低。微胖的奥利德也消失了,他的哥哥诺克茫然失措。

大家的脸上逐渐都浮现出恐惧和焦虑。

不妙——库·朴萨拿起船桨,开始划船。但是,这是五十多人乘坐的大船,靠一个人的力量根本划动不。

"哇!"

响起一声大叫,是特库特瓦,他也遭到了乌贼袭击。幸好阿尔瓦拉的战士们没有放弃他这个船长。他的叫声一起,前后左右都伸出手臂拉住他,其他人朝他下面连续刺枪。

战士们把他从下面拽上来,又撑住他的身体。他的脸涨得通红,从咬紧的牙关里挤出声音。

"呼……"

"特库特瓦!"

"船长!"

周围人拼命呼唤他。他望望左右,正想说什么,"岸——"

喔! 一股巨大的力量将他拖进海里。支撑他身体的战士们承受不住,只得放开手。只见五六只乌贼裹着特库特瓦的下半身,飞一般把他拽向浅礁湖的深处。

这导致了全员的崩溃。

"快逃吧!"

战士们一哄而散,朝各自认为安全的地方发疯般游去。而沉寂了半晌的红色闪电,也开始再度劈下。

库·朴萨想帮他们爬上船,可是一道闪电笔直劈中了船身。桅杆燃烧起来,大火烧到了积存的食物和工具箱上,船上已经待不下去了,但跳到水里又会被乌贼吃掉。

库·朴萨爬向船的副体,那其实只是一根细细的圆木。库·朴萨用工作用的石刀割断绳子,把它和船身分离开来,然后抓住它,尽可能不让脚落到水里。

幸运的是,乌贼没有靠近。它们好像以为这就是一根单纯的浮木。

库·朴萨鼓足力气大叫:"大家都抓住圆木! 腿不要放到水

里!"

听到叫声,还有余力的人纷纷模仿他的动作,抓住副体或者掉落的桅杆。库·朴萨在视野一角看到卡卡普厄也做出同样的动作。

"救命!"

有人被燃烧的帆布缠住,在水面挣扎。库·朴萨扯开布,发现那是诺克。诺克死死闭着眼睛,抱住副体,那样子十分虚弱,就像幼儿一样。

看他现在这样子,可以轻易把他推下水去。库·朴萨这么想着,斜眼瞪诺克。诺克忽然睁开眼睛看他。库·朴萨察觉到自己的邪意,转开目光,扫视周围,只见到处都是凄惨的景象。

礁湖上漂浮着许多战士,其中多数都是被乌贼拖下去淹死的尸体。靠近岸边的人,会遭遇森林里射出的闪电袭击。巴莫的脸被烧焦了,发疯般地惨叫着。

送来足足五百名战士的阿尔瓦拉的船队,也基本上被烧得惨不忍睹、不堪使用。伤者的哭号、求助的声音此起彼伏。礁湖上弥漫着死亡、烟尘和惨败。

——简直像是遭遇了大海啸。

库·朴萨无法相信。就在刚刚,还觉得自己战无不胜的阿尔瓦拉战士们,却遭遇如此凄惨的失败……

卡卡普厄来到近旁,喊道:"先去外海!"

仅剩的一小群人,在头上乱舞的闪电和水中肆虐的怪物中间,艰难地游向生还的水路。

堡礁的缝隙处,猛烈的波浪连绵不绝地扑打上来。进来的时候,那波浪提供了推力,然而出去的时候却带来了极大的困难。库·朴萨他们把抱住的副体插向礁湖底部,趁着波浪稍停的间隙,想要出去。然而就像瞄准了这一刻似的,又是一道蓝色的大浪打来,他们就像树叶一样在浪涛里翻滚。

不知道尝试了多少次,他们才终于筋疲力尽地来到外海。海水的颜色变深,味道也变了。

库·朴萨心想,总算逃出来了。然而他想得太简单了。

涌来的滔天巨浪,卷起库·朴萨,朝堡礁直砸过去。那是生满了尖锐棘刺的石灰岩堤坝。阿尔瓦拉的任何一个人,从三岁的时候开始,就被反复教导,不能把船驶到堡礁附近。

被波浪挟裹着,库·朴萨感觉堤坝近在咫尺。照这样撞上去,自己会像漂了很久的浮木一样,撞得四分五裂吗?

——拉薇卡……

"哎哟,这回来了个小家伙嘛。"

伴随着奇异的人声,强有力的手臂抱住了库·朴萨,把他从水里救起来。在茫然失措之中,库·朴萨被投进犹如干筒一样的空间,朝下方坠落。下面铺的不知是树叶还是布,非常柔软,以前他似乎从未触摸到过。这柔软的东西让他幸免于撞击。下面还有其他被救下的人,大家全都是目瞪口呆的样子。在库·朴萨后面,卡卡普厄和诺克也被丢了进来。

他们差不多都是动作灵敏的年轻人。

"从堡礁救出来的只有这些了。藏起来吧!"

随着说话声,头上砰的一声,有什么东西关上了。一个从脖子到膝盖通体穿着漆黑衣服的人降落下来。

库·朴萨震惊地盯着他。那人的个头比阿尔瓦拉的任何一个战士都高,足有普通战士一倍半宽的肩膀十分魁梧,胳膊和大腿犹如圆木般粗细。最令人震惊的是那白皙的肌肤,还有深金色的体毛、蜷曲的头发,以及胡须——与褐色肌肤和黑发的阿尔瓦拉族截然不同。

"你是……"

面对抬头仰望的库·朴萨,那男子微微一笑,说:

"你们是南马都尔的原住民吧？我是来帮助你们的信使亚历山大。请多关照。"

那之后的一连串事情，对库·朴萨来说，宛如白日做梦一样。

那个魁梧的男人说自己名叫亚历山大，他和另外几个人围着室内发光的窗口，静静地交谈。

库·朴萨认为自己身在距离海面很深的地方，但窗户上显示的却是海上的景象。他走到窗户旁边仔细查看。亚历山大回过头。

"唔，你感兴趣？这是我们的信蜂送来的影像。"

库·朴萨听不懂他说的语言，继续查看窗户的景象。从窗户里可以看见洪朴莱岛，红色、青色的闪电交错不断，全然没有停止的意思。

窗户上忽然映出一具撞在堡礁石头上的尸体。虽然只有上半身，但因为那浓密的白发，库·朴萨还是知道那是谁。

"啊……特库特瓦。"

这次出战的战士，回家以后必定会恸哭。库·朴萨忍住泪水。特库特瓦是严厉而公正的船长。他看重库·朴萨的船工才能，时常会默默地把钓到的鱼给他。

"这是你的亲人？"

亚历山大换了阿尔瓦拉的语言问。库·朴萨抬头一看，只见他的耳朵周围不知道被什么东西遮盖起来了。他说的话虽然不大正确，不过意思还是明白的。

"抱歉，我们本打算制止你们的攻击，但是时间没赶上。"

"你们是……"

"我们是来打倒它们的人。打倒the Enemy of the Terra，ET。"

"ET？"

"就是袭击人的邪恶怪物。它们通过卵的形态来到这里，什么都吃，不断增殖。"

亚历山大身后的男子坐在椅子上看着另一个窗户说："不行，信蜂还是不能靠近岛屿。这艘潜艇上没有对地攻击武器?"

亚历山大转过头，回答说："怎么可能有那种东西? 这只是联络用的潜艇而已。"

"附近的友军呢?"

"只有群体信号检测用气球，在平流层飘着。想要更强大的武器，只能去距离四千千米的卡卡杜仓库。"

"卡蒂，还有什么选项?"

"建议撤退。最迅速和有效的方法是用弹道导弹把岛屿整个炸掉。"

一个不在场的女性声音，说出让人大吃一惊的话。库·朴萨赶紧插嘴，"你们要炸掉洪朴莱?"

"啊，先别插话好吗? 我们正在讨论重要的事情……"

"炸掉洪朴莱可不行，那里还有人。"

亚历山大转过身，低头盯着他的眼睛说："听好了，小家伙。那座岛上的人已经全都死了，都被那些可怕的怪物吃掉了。所以我们必须在它们造成更大的危害之前，彻底消灭那些怪物。"

他的语气十分冷静，库·朴萨哑口无言。

就在这时，有人来到他身边，揽住他的肩膀。是卡卡普厄。

"你骗人。我们看见了。克拉德莱克在洪朴莱的栈桥上向我们宣战。"

"什么意思?"

亚历山大和其他人一起望向卡卡普厄，"还有人活着?"

"不但活着，克拉德莱克还袭击了我们。他下令之后，就落下了红色的闪电，还有从未见过的巨大乌贼袭击我们。他们是最坏的。"

"不不，拉薇卡的妈妈、婆婆应该都不坏。"库·朴萨赶紧补充了一句。

"那是怎么回事？"几个人面面相觑。

比亚历山大体格略小的人——话虽如此，他也比亡故的特库特瓦还要魁梧——紧皱眉头说："当地人……洪朴莱族和ET联手了吗？"

"别异想天开了，奥。那是不可能的。而且毫无意义。"

"有意义——对于ET来说。它们不能渡海。它们在时间溯行中来到了这座绝地孤岛——恐怕是某种故障导致的——所以肯定会寻找一切离开的办法。如果它们发现附近有什么东西能够利用，当然不会犹豫。"

"ET利用人类？从没见过那样的例子。"

"人类或者半咸水生物。不知道利用的是哪种生物，不过礁湖里的那种乌贼状个体，的确是以前从未有过记录的形态。它们要是不断改变自己的形态，我们可就忙不过来了。最好赶紧彻底消灭它们。"

"但是，洪朴莱族怎么办？连同ET一起灭绝吗？"亚历山大沉下脸，"我反对，这可是种族灭绝。岛上还有女性和儿童。我说，洪朴莱也有女性和儿童吧？"

突然被他这么一问，库·朴萨有些狼狈。卡卡普厄代替他点点头。

"有。洪朴莱全族共有二百四十又四十人，仅孩子我想大概就有八十又二十人。"

"对吧。奥，你打算让他们全都陪葬吗？"

亚历山大与他喊作"奥"的男人之间，忽然生出一股紧张的对峙气氛。

给他们做出仲裁的，是那女性的声音。

"情报不足。在未能确认洪朴莱岛上有没有幸存者的情况下，再怎么讨论也没有意义。"

"那就去确认下好了。"

奥从椅子上站起来，伸手取下挂在墙上的巨大兵器。

"我去看看。有幸存者就救下来。没有的话就来一发大型导弹。这样可以吧?"

"等等!"喊出这一声的是卡卡普厄，他阻止道，"我也去。"

"你在这儿等着。"

"不行。我不相信你。你也许会丢下幸存者不顾，仅仅为了消灭怪物而说谎。为了洪朴莱的民众，我要亲眼看看。"

"唔……"奥哑口无言。

看到卡卡普厄站起来，库·朴萨也开口说:"我也去。因为……是我请你们不要炸的。"

看到连库·朴萨都站了起来，大约是刺激到了战士的自尊，剩下的阿尔瓦拉族人全都站了起来。纷纷说:"我也去。""船上的同伴说不定还活着。""我怎么能躲在这里!"

"安静!"

虽然是寻常语气，但奥这一个词里包含了沉重的威吓。大家全都沉默了。就连没有战斗过的库·朴萨，也能感觉到这个人不知在地狱般的战场里杀了多少个来回。

"去的人太多反而会暴露。就去最前面的三个人，再多就碍事了。"

库·朴萨忽然发现一件不妙的事。他回头看看同伴。第一个人是卡卡普厄——跟在库·朴萨后面站起来的，是诺克!

"亚历山大，还有你。"

"我也去?"

"你是提案的人。而且……"奥朝库·朴萨他们望去。大汉露出苦笑,他明白了奥的意思。

"知道了,我照顾他们。"

猛然间,脚下摇晃起来。库·朴萨他们所在的这个奇异的房子——水里的圆木,似乎开始动了。

水里的圆木并没有径直浮出海面。按照亚历山大的解释,他们要绕往岛屿的后面,到村子看不到的死角去。

阿尔瓦拉的战士们盘腿而坐,在沉重的氛围中沉默不语。刚才虽然一个个提出要上岛去,但之前惨痛的景象还历历在目,而且这也不是能让人冷静的环境。从未见过的平滑墙壁包围着他们,那材质既不是石头,也不是木头。

想到自己的将来,库·朴萨实在无法宽心。诺克和卡卡普厄似乎也是一样。

亚历山大也许是有些过意不去,给他们一个个分发了喝的东西。从未见过的温暖液体,带着阳光的颜色,十分清澈。大家面面相觑,困惑不已。卡卡普厄下了决心,喝了一口。

"……没有毒。很甜。"

听他这么说,库·朴萨他们也终于喝了起来。

亚历山大看着卡卡普厄说:"你很有勇气,不怕我们。你是这个团队的指挥吗?"

阿尔瓦拉的战士们抱着喝的东西,低头不语。虽然说他们救了自己,但他们的皮肤颜色、头发颜色都和自己不同,根本不知道他们是什么人。大家紧紧闭上嘴,保持沉默。

只有库·朴萨并没有那么害怕。不知为什么,他觉得这两个人并不可怕。

因为卡卡普厄沉默不语,库·朴萨看了看他,开口说道:"这是卡卡普厄,'可靠的桨'。去年在'战士之奔跑'中拿了第一。非常厉害。"

"哦?"

亚历山大的目光从卡卡普厄移到库·朴萨身上。

"那你呢?"

"哎呀,我……"

"不用害羞,刚才你救下那个朋友的情景我都看见了。你叫什么名字?"

"……库·朴萨。"

"能问问是什么意思吗?如果不担心诅咒什么的话。"

"意思是'细细的椰子树叶'。"

"哦哦,果然很像。细归细,你肯定也会成为非常了不起的战士。"

大家全都笑了起来。库·朴萨对这个男人产生了好感。他似乎清楚地看到了库·朴萨所做的事,所以故意这么说。库·朴萨还从没有过这样的待遇。

库·朴萨起了个话头,卡卡普厄的紧张似乎也得到了些缓解,他用眼神示意其他人先按捺住,问:

"你们是什么人?住在水下的圆木里,又能从窗户看到水上的事情。你们是卡尼维斯的精灵吗?"

"你说我们是什么的精灵?"

"卡尼维斯。海底的神圣都市。"

"曤,天堂一样的地方吗?很遗憾,我们不是。我们是从更加遥远、更加不同的地方来的。顺便说一句,那些怪物,ET也是。"

"遥远的地方?"

"未来。"

库·朴萨他们听到了不可思议的故事。亚历山大说他们是在很久很久以后的子孙世界的人。

肆虐啃噬那个世界的怪物们，为了寻找更多的猎物，来到了祖先的时代。于是，他们也追了过来。

但库·朴萨他们听不太明白亚历山大的意思。看到他们露出迷惑的表情，亚历山大说："难不成你们没有那个东西吗，农事历？"

"农事历？"

"对了，你们应该没看过。你们是捕鱼生活的渔民。"

亚历山大点点头，像是说服了自己。他换了个话题，说起青虫的故事。

一只青虫住在树叶上。但是，螃蟹来了，弄伤了那棵树。如果不打败螃蟹，拯救大树，就没有树叶可住了。

于是青虫出发去打倒螃蟹。对青虫来说，一棵大树也是足以与整个世界等同的巨大物体，但它还是绞尽脑汁、穷尽气力，一点点打退螃蟹。

"这条青虫就是我们，螃蟹是那些怪物。到今天为止，我们不知道在多少片叶子上、和多少只螃蟹战斗过。"

这些人果然是战士。库·朴萨和他的同伴非常钦佩他们。卡卡普厄把手放在地上，低下头。库·朴萨他们也做出同样的姿势。

"你们是了不起的战士啊。亚历山大，请一定要打倒怪物，拯救洪朴莱的人。"

"不不，你们才了不起。连指南针都没有，就能控制太平洋。让我们齐心合力打败ET……哦，等等。"

奥在喊他。亚历山大走过去，很快又把卡卡普厄喊去。于是现场的气氛总算缓和了些，战士们开始放松下来，各自交谈。

"我说……"向库·朴萨搭话的是诺克。库·朴萨觉得反正他也是要取笑自己，所以干脆不去理他。

"我说，库·朴萨……你救了我一回，别以为就能跟我摆架子了。"

果然如此。真是个讨厌的家伙，库·朴萨心里想着，还是扭头不理他。

亚历山大和卡卡普厄走了回来，说："我们已经到达岛屿背后了。周围似乎没有敌人。登陆吧。"

卡卡普厄、库·朴萨、诺克，还有亚历山大和奥，一共五个人游过礁湖，登上了洪朴莱岛。原本担心大乌贼的袭击，不过并没有遇到。

爬到红树林里，信使们检查了武器装备。奥提了透明的大剑，亚历山肩膀上扛了一个粗筒——库·朴萨觉得那是很难使的棍子。

他们又给了库·朴萨他们每人三颗拳头大小的灰色的东西，像虫茧一样。三个人诧异地翻来覆去打量这东西。奥说："敌人追上来的时候，把这个扔过去。"

"用不着这种东西，我们有这个就足够了。"

诺克说着话，挥了挥自己的木枪。奥说"让你拿你就拿着"，把茧塞给了他。

"我想从山口看看村子。在哪儿？"

"那边。"

亚历山大领头，来过岛上的卡卡普厄在他后面指路，奥殿后。

洪朴莱岛是中央有座小山的蚕豆形岛屿，早饭和晚饭之间的时间便可以绕岛一圈。一行人没花多少时间就来到了山顶。亚历山大匍匐着从岩石后面探出头，用一个小圆筒指向前方。过了半晌，他嘟囔说："怎么回事，只有那么点？"

"很少？"在后方警戒的奥问。

亚历山大回答："海岸线附近有十只左右的小型战斗个体，森林里二十米左右的地方有三只稍大的炮台型个体。打击船队和信蜂的就是这几只。好像都不是金属的。"

"这么小的火山岛不可能有矿脉。硅系的吧。"

"大概是。沙滩上还有一只……很笨重,不知道是什么。啊,游出去了。是那个乌贼,游泳型。"

"看不到吧?"诺克探头到他身边说。

亚历山大把他按回去。

"别露头。敌人在树影里,肉眼看不到。"

他又仔细观察了一番,然后回过头,表情很严肃。

"看不到人类,也没看到族长。那个人是叫克拉德莱克吧?"

"每个角落都仔细看过了?"卡卡普厄立刻问。

亚历山大摇摇头,"对面的半个村子还没看。但是,如果有人活着,这半边不会一个人都没有吧?"

"不去看看怎么知道!"

卡卡普厄激动地想要站起来,亚历山大赶紧拉住他的胳膊,"坐下! 我没说不去。"

"是……是吗?"

"行了,你冷静点。虽然村子里大概有你朋友的家人……"

"有拉薇卡的家人。"

"之前也听你们说过这个名字。那是谁?"

卡卡普厄的脸微微发红,回答说:"是要嫁给我的姑娘。我见过她父母。"

库·朴萨下意识地捂住了自己的胸口。

唔……亚历山大用手抚摸下颌,朝奥递了一个眼色。

奥说:"这里往前就是敌方的领地。五个人也多了。诺克,你和我留在这儿。"

"什么啊,我来是为了救村里人的!"

"敌人也许会试图切断我们的退路。为了守住退路,需要能打的人。"

奥严肃地这样一说,诺克有点不知所措,终于闭上嘴,坐了下去,"哎,既然你这么说了……"

很厉害啊,库·朴萨想。和南·萨普维、特库特瓦的手段很相似。

亚历山大与奥交换了武器,说:"好,走吧。卡卡普厄、库·朴萨。"

"哦哦。"

"收到!"

两个人跟随在他后面,走了出去。

他们依靠山脊的掩护,尽量靠近目的地,然后再从陡坡下去,以最短距离进入村子。在茂密的蕨类植物丛林里移动,库·朴萨问卡卡普厄:"村子这边有什么?"

"冥想室。"

"那是神殿吗?"

卡卡普厄朝插进来提问的亚历山大摇了摇头。

"只有波纳佩岛才有神殿。祭祀豪雨与太阳之神,是阿维奈的工作。"

"是不是神殿无所谓,那边能不能容纳所有村民?"

"容纳不了……通常来说。所以要赶紧去救他们。"

亚历山大抚摸着下颌说:"的确是要赶紧哪"。

三个人终于来到了用面包树树干组合而成的架空建筑后面。卡卡普厄还想继续前进,库·朴萨拉住了他。

"怎么了?"

"嘘!"

他侧耳细听。在视野开阔的海上如何暂且不说,至少在陆地上,库·朴萨对自己的听觉很自信。

"……里面有东西。"

"真的?"

"里面有好多,不知道是什么东西。"

说完这话,库·朴萨意识到自己话里隐含的意思,不禁毛骨悚然。

不知道什么东西,那会是什么? 不是村里的人吗?

而且,周围这么安静又是怎么回事? 如果把人关在里面,肯定会安排看守。而这里一个人都没有。

"也许是陷阱。"

虽然库·朴萨这么说,但卡卡普厄就像没听见似的,沿着柱子爬到建筑的背面。库·朴萨没办法,只好跟在后面。亚历山大警惕着周围,小心翼翼地来到建筑物下面。

卡卡普厄从圆木之间的缝隙朝里面看,然后不禁咽了一口唾沫。

"卡卡普厄?"

转过头的卡卡普厄,脸上露出奇怪的表情,似哭非哭、似笑非笑。库·朴萨带着强烈的不安凑近他,朝室内望去。

一开始他没反应过来自己看到了什么。

在南海的波纳佩岛等岛屿上生长了一种树木,叫作露兜树。

那种树很高,有放射状的叶子,夏天开花结果。它的根部很有特点,如果从上往下看,和普通的树木不同,露兜树中央的树干没到地面就断掉了,代替树干的是几十根细细的气根,它们分叉出来,支撑树干。

库·朴萨看到昏暗室内的景象后,首先想到的就是那种树。无数气根从房间地板上堆积的苔藓和岩石一样的东西上生长出来。

库·朴萨毛骨悚然。在大脑完全理解之前,感性就告诉他,那是极其可怖的景象。

室内有人影站起来，从房间中央的树干上，摘下果实一样的东西，走去外面。光线照射进来，照亮了像是被什么东西附体一样的克拉德莱克的侧脸，以及室内。

气根生长的地方，不是岩石，而是堆积起来的人体！

每条根都是从头部长出来的，许多直接从脸上长出来。看起来像是苔藓一样的东西，是覆盖着人体的犹如菌丝般的细细纤维。

"卡、卡卡普厄——"

"嗯。"

带着恐惧和恶心的感受，两个人对视一眼。仰头看着两个人的模样，亚历山大也皱起眉，仿佛看到了里面的情况。

"这家伙太可怕了。奥最坏的猜想变成现实了。"

"它在吃人？"

"恐怕是。"

"不可饶恕！赶快把这露兜树砍了，把大家救出来。"

卡卡普厄愤怒地咬牙切齿。

三个人从门口潜进房间，检查每个人，结果很凄惨。虽然每个人都还在微微蠕动——库·朴萨刚才听到的就是他们挣扎的声音——然而有条根系从嘴贯穿到延髓。这根系仿佛是在人的体内生根发芽，长成现在这样的。如果强行把根拔出来，人肯定会死。就算砍断了根，人也活不成。

亚历山大用小针一样的东西戳着露兜树，表情严峻地说："这东西不单单用人类做养分，甚至它的细胞构造也是基于人类基因。所以它们是在营养和遗传基因的双重意义上吃人。"

"为什么这么做？"

"我只能想到一个原因：为了渡海。它们的战斗形态很难耐受海水。如果引入生物组织，就能获得海水的亲和性。"

库·朴萨他们没有听亚历山大的话。卡卡普厄跑到一个村民身边,抱起她。那女人左手戴着醒目的手环。

"凯琪瓦克!"

这个名字库·朴萨也知道。她是拉薇卡的母亲。拉薇卡曾经提到过好多次。

——洪朴莱的人都很羡慕母亲。因为她把我送来阿尔瓦拉,交换了很多东西。母亲很疼爱我,我也很爱母亲。

卡卡普厄听到这话的时候,笑着说:"你们关系可真好。"

但是,对于这番话,库·朴萨无法像卡卡普厄那样爽快地接受。如果自己被卖出去换钱,肯定会憎恨父母的吧,他想。不过,看到微笑的拉薇卡和卡卡普厄,又觉得自己心眼太小,不禁讨厌起自己来。

此时此刻,卡卡普厄也像是抱着自己的母亲一样,抱着凯琪瓦克,用悲痛的声音呼唤。但是,根系也深深插进她的脸,令人束手无策。

亚历山大扶住他的肩膀说:"只能都埋葬了。"

卡卡普厄紧紧抱着她,半晌才终于无言地点点头。

三个人朝外走去,走出房门的时候,正撞上从楼梯上来的克拉德莱克。

"你们……"

"你这个混蛋!"

"等等,卡卡普厄!"

卡卡普厄挺枪想要当场刺死克拉德莱克,库·朴萨赶紧拉住了他。和激动的卡卡普厄不同,库·朴萨有些事情很想弄明白。

他问敌方的族长,"克拉德莱克,你就这么憎恨阿尔瓦拉的控制?付出这么大的牺牲都在所不惜?"

老瘦的族长端着木枪,脸上满是嘲弄的表情。

"牺牲?洪朴莱的男男女女都是自愿变成自己盼望的模样。

为了打倒阿尔瓦拉的猪狗,他们自愿变成放电的圆球、吃人的乌贼。我只是帮助他们获得新生。"

"什么意思?"

亚历山大忽然眯起眼睛,朝克拉德莱克探出身子,"难道不是你制造了寄生的机会? 不是你给村里人吃了或者植入了什么?"

"你是谁? 巨人——"

"回答我! 第一个人是谁?!"

在怒神洛佩戈一样的亚历山大的愤怒下,就连傲慢的克拉德莱克也不禁胆怯了。他用含混的声音低低回答说:"是凯琪瓦克。那又怎么样?"

听到这话,库·朴萨不禁打了个寒战。

可怖,无比可怖的预感。

亚历山大又追问:"是凯琪瓦克向所有人播种的? 那是什么时候?"

"很早以前了。月亮差不多又圆了一次。"

预感在库·朴萨心中变得愈发鲜明,简直无法忍受。库·朴萨不能再听克拉德莱克的坦白了,他情不自禁地大声叫了起来。

"你被骗了! 村民根本不是获得新生!"

"什么? 小鬼,你想侮辱我的决心吗?!"

克拉德莱克也冲他大叫。库·朴萨什么也没说,只是盯着他的脸。卡卡普厄和亚历山大也同样凝视他。

来回扫视三个人阴沉的脸色,克拉德莱克开口刚说了一句,"这个,报应——"

就在这时,亚历山大绕到他旁边,快速伸手探到他的后脑。

啪嗒一声,老人脸上失去了所有的表情。他的眼睛半闭,就像是即将睡着似的,跪倒在地上。

亚历山大飞快伸手插到他腋下,扶住他。库·朴萨问:"你做了什么?"

"果然有机械的洗脑装置。虽然只是很简单的东西,把大脑皮层的一部分封锁掉……仅仅依靠暗示,不可能让他深信不疑,甚至牺牲了同胞。"

飞快说完,亚历山大又"咦"了一声,盯住克拉德莱克的脸,"你醒了?"

克拉德莱克再度站起来。

看到那脸上露出宛如旁人一般理解和恐惧的神色,库·朴萨非常吃惊。

克拉德莱克扫视三个人。

"你们是……阿尔瓦拉的人?"

卡卡普厄缓缓点头。库·朴萨也满怀戒备。克拉德莱克的脸扭曲起来,身体微微颤抖。刚才那自暴自弃的攻击性荡然无存,取而代之的是某种极其危险的东西正在喷涌而出的模样。

"我……已经……完全……"

嘴里嘟囔着什么,克拉德莱克一头闯进了小屋。

令人毛骨悚然的寂静。

那寂静持续的时间太长了,卡卡普厄望向库·朴萨。

"……自杀了吗?"

就在这时,响起了凄厉的尖叫声。那是惨叫。克拉德莱克在不停地惨叫,听起来像是在痛苦地质问:这是什么? 这是为什么?

亚历山大神色僵硬地低语:"……不该放他进去。"

"是他自己干的,当然要让他好好看看自己干了什么。"

说完这话,卡卡普厄走进房间。库·朴萨正要拦他,"等等,卡卡普厄! 现在还是不要进去——"话音未落,刚刚进门的卡卡普厄就像是被推出来一样,咚、咚、咚地朝后退。

满脸是泪的洪朴莱族长将木枪刺进卡卡普厄的胸膛,嘴里发出凄厉的叫喊。

"为什么——为什么？你给我滚！"

半疯状态的克拉德莱克一边叫，一边用枪反复朝卡卡普厄的腹部刺去。

"克拉德莱克！"

亚历山大用手里的大剑剑身打翻了克拉德莱克。与此同时，库·朴萨把卡卡普厄拉了回来。这都是刹那间发生的。

虽然迅速救下了卡卡普厄，但他的胸口和腹部已经被刺了三个口子。伤口中翻出白白的肉，眼见着鲜血喷了出来。

卡卡普厄跪倒在地。库·朴萨蹲下来问："没事吧？坚持住！"

"混蛋，我疏忽了。那么大的年纪……"

"别说话，我帮你止血。"

库·朴萨撕开腰布，缠住卡卡普厄的身子。这时候，背后的亚历山大说："你们两个能跑吗？"

"跑不起来。"

"那就走起来。ET发现我们了，大概是因为我们收拾了克拉德莱克。"

库·朴萨回过头，只见森林的树木之间有奇形怪状的东西正在逼近。

有十二只犹如孩童大小的兔子。但那兔子只有一条细而强韧的腿，本该长耳朵的地方，有着贝壳般洁白、闪烁光芒的弯曲细长的刀。

兔子们用一条腿轻快地跳过来。亚历山大挥起沉重的大剑，严阵以待。那剑发出犹如蜂鸣般的声音，开始闪烁起雪白的光芒。

"幸好借了CTi剑。"

说时迟那时快，亚历山大虽然身躯魁梧，但身手却敏捷得不可思议，他跳起来将最前面的兔子从头到脚劈成了两半。唰！火花四射,犹如喷泉一般。

"你们快逃!"

库·朴萨稍一迟疑,意识到亚历山大只是打算拖延一点时间,赶紧把卡卡普厄的胳膊架到自己的肩头,朝房间背面跑去。

对于瘦弱的库·朴萨来说,体格结实的卡卡普厄十分沉重。没跑多远他就气喘吁吁地跑不动了。

卡卡普厄一边呼哧喘气,一边说:"很重吧——库·朴萨——"

"没有没有,就跟抱着小孩一样。"

"呵呵,真是抱歉——你果然是战士——"

"够了,别说了。你死了的话……"

心中一痛,库·朴萨咬住嘴唇。同时心里涌起一个诱人的想法。如果卡卡普厄死了,拉薇卡就失去了恋人,自己说不定也会有机会了。

"……你要是死了,拉薇卡会哭的!"

像是为了驱赶心中黑暗的想法似的,他强行挤出这句话。他不想看到拉薇卡得知恋人死去的消息后哭得死去活来的样子。

两个人登上斜坡,身后留下点点血迹。

到了山顶,又朝诺克他们等待的地方走去。背后不远的地方,传来坚硬物体相互碰撞的声音。回头一瞥,只见跑上山顶的亚历山大转身用大剑砸飞了一只兔子,再反手劈斩,将剩下的两只也一并斩翻。那剑法大开大合,令人心驰神往。

但他也被一只兔子割到,侧肋喷出鲜血。

库·朴萨不禁站住脚,叫道:"亚历山大!"

后退的亚历山大被石头绊倒,失去平衡,兔子们疯狂拥上去。

库·朴萨的脑海中不禁浮现出他被砍得四分五裂的身影。

"别动!"

就在这一刹那,伴随着叫声,背后射来无法直视的耀眼光芒。

那像大枪一样的光芒,将扑向亚历山大的三只兔子一气刺穿。

奇怪的敌人带着四散的火花碎了一地。库·朴萨转头望向背后,看到奥正举着粗筒瞄准这里。原来那不是棍子。奥在圆筒的根部捣弄了两下,一个赤热的空箱高高弹出。他再次把顶端朝向这边。

"再来一发!"

库·朴萨和卡卡普厄赶紧一起闭上眼睛,趴下身子。在他们的头上,又是一道炫目的光芒,紧闭着眼睛都能看到那红光。

"没弹药了!"

奥扔掉圆筒,跳过库·朴萨他们的头顶,朝亚历山大身边跑去。诺克跑到库·朴萨旁边,"卡卡普厄,这么多血!怎么回事?"

"被克拉德莱克刺了。快来帮忙!"

诺克一脸吃惊的样子。看到那模样,库·朴萨这才意识到自己在给诺克下令。

他以为诺克会拒绝。但是,诺克默默地将卡卡普厄空着的另一只胳膊担在自己肩上。发现库·朴萨盯着他的侧脸看,他说了一声"怎么了",脸转朝前方。

库·朴萨不禁问:"你肯帮忙?"

"废话。"

诺克一副懒得搭理的样子。但和语气相反,他脸上的表情并没有那么不高兴。

库·朴萨本以为有两个人从左右两边支撑,会轻松很多。但是,当他和诺克一齐用力把卡卡普厄扛起来的时候,不知道是不是因为放了心,卡卡普厄全身都没了力气,反而变得更重。

就在这时,奥也担着亚历山大过来了。

"哎哟,咱们这个队伍,全是伤员嘛。"

大个子的额头上淌下的鲜血染红了半边脸,但还是在打趣。

库·朴萨放下了心。

"稍等一下,让我做个了断。"

说完这话,亚历山大摸了摸大剑的根部。山后面猛然升起红色的火焰,稍过一会儿,又传来地动山摇的声音。看到升起的黑烟,库·朴萨意识到他用不知什么神奇的方法烧毁了那个可怕的房间。

"阿门。"

"走吧。新的'兔子腿'正从海角那边往这儿赶。"

奥这么一说,一行人急匆匆赶向岛屿背后。

然而还没走到一半,就被敌人追上了。十几只兔子扑上来,不知道它们原本都是躲在哪里的。面对连绵不断扑上来的敌人,奥取过大剑,一个人迎敌。他的身手比亚历山大更厉害,但显然还是寡不敌众。

"大海!"

透过树木的缝隙,令人怀念的海面闪烁着耀眼的光芒。海水被染成了暗红色。仔细一看,森林中的雾气也开始被黑暗取代。已经是黄昏了。

"跳进海里,这些家伙不能下水!"

听到奥在背后的叫声,库·朴萨他们挤出最后的力气,拼命翻过茂密而碍事的红树板根,踉踉跄跄地朝水里前进。

就在这时,有两只兔子割开树丛,从侧面跳了出来。

呛啷一声,兔子挥起了锐利的刀。诺克飞快地一只手举起胳膊下面夹的枪,猛刺出去。然而兔子的刀刃一闪,诺克的枪就被打落在地上。

"啊!"

三个人连连后退。

突然,树木中间飞来好几个石头一样的东西。那东西靠近兔子之后,在空中轻飘飘换了个方向,像是受到兔子的吸引似的,贴了上去,紧接着便连续响起小而强烈的爆炸声。兔子被炸飞出去,摔在地上。库·朴萨看到杂草丛中露出同伴们的脸。

诺克叫道:"你们不是应该在水里的圆木里面等……"

"你们一直不回来,我们担心就赶来了……小心后面!"

"哦,这东西怎么用?"

库·朴萨他们放下卡卡普厄,转过身,将奥给他们的灰茧纷纷朝敌人扔过去。那东西很有效,打乱了敌人的队形。一只兔子被炸得四下翻滚,奥迅速追上去,把剑刺进它的咽喉。

又有几只被奥杀死,兔子们开始退却了。

亚历山大坐到海边的红树板根上,擦了擦额头的血。

"总算逃出来了。有段时间我还想这下完了……"

"诺克、库·朴萨!"

有个同伴在叫。他负责照顾卡卡普厄。库·朴萨跑过去,听到的却是难以置信的消息。

"卡卡普厄死了。"

"……什么?"

一群人纷纷聚集到卡卡普厄周围。卡卡普厄脸色苍白,紧闭双眼,一只手摸着自己脖子上的珊瑚项链。

所有人都怔住了。从没想过他会死。他比谁都跑得快,也比谁都勇敢和优秀,就算在洪朴莱的闪电中都能活下来。这个幸运的人,就这么去卡尼维斯了吗……

同伴取下他的首饰,大家面面相觑。那意思很明显——必须有个人来承担这份职责和荣誉。

将恋人的死,告诉他的女人。

项链递给了诺克。

"拿着,交给拉薇卡。"

"我？"

"这里就数你最有力气。"

诺克接过项链，紧紧盯着它。突然，他把项链递向库·朴萨。

"你去给。"

"我？——为什么？"

库·朴萨困惑地反问。自己适合这个职责吗？就算适合，为什么诺克会让出这个职责？

诺克说："是你把卡卡普厄带回来的。而且之前……在礁湖，你还救了我。"

库·朴萨轻轻摇摇头。

诺克严肃地说："你是战士，繁叶。我会为你证明。"

"……那好吧。"

朴萨点点头，接过项链。

诺克这种态度，也充分显示出他的确是个合格的战士。

朴萨他们将战士卡卡普厄的躯体也放入水中漂向卡尼维斯，与等待的特库特瓦他们会合，随后返回了水里的圆木。信使们安慰朴萨他们，承诺把他们送去波纳佩岛。水里的圆木潜入水下，移动起来。

那天晚上，朴萨无法入睡。

不仅因为这一天经历的震惊和悲伤，更重要的是，心中存有可怕的疑虑，怎么也挥之不去。朴萨实在忍受不住，趁大家都睡着了，悄悄离开房间，朝信使们所在的地方走去。

奥睡了，不过亚历山大还没睡。他在奇异的发光石头下，正在某种比布还薄的东西上写着什么。朴萨不是神官，并不识字，不过看到白天威风凛凛战斗的亚历山大，此刻弓着背写字的模样，觉得很有趣，盯着他看了半晌。

亚历山大看到朴萨过来,露出微笑,在书写告一段落的地方停下来,转身面对朴萨。

"我在写童话。就是昨天和你们说的那个青虫的故事。"

"啊……是那个啊。"

"值得祝贺,这一章差不多也快结束了。螃蟹要在树底下的水洼里产卵,但是被打退了。虽然有一名勇敢的战士牺牲……"

"这会是值得祝贺的故事吗?死了那么多人。"

朴萨这么一说,亚历山大扭过头,轻轻叹了口气,然后又转回来,脸上浮现出悔恨的神色。

"抱歉,对你们来说,这是很悲伤的事吧……我们有点太习以为常了。因为看的悲剧太多了。"

"这——"

"是啊……不,我其实还好。在那边睡觉的奥,经历的战斗比我多百倍。"

虽然水里的圆木床铺狭小,那男人却似乎毫不介意,呼吸平静。朴萨盯着他看了半晌。他觉得,眼前这个人尽管值得信赖,但不管是作为人类还是作为战士,都让人难以接近。

像是知道朴萨要说什么,亚历山大抢先说:"不用担心,我们不会烧毁洪朴莱。我们已经知道礁湖里的那些家伙出不了外海,都是些行动迟钝的废物,光靠我们的部队就足够收拾了。澳洲的增援部队一到,我们就动手。"

"知道谁是第一个人了?"

"哎,你知道我的意思?"

"我知道。那个丑陋怪物的卵,应该是被人带到洪朴莱的吧。"

"没错。ET通过时间溯行,理论上可以在任何地方出现,但选择那种小岛毫无意义。奥说是它们搞错了坐标,但如果只是搞错坐标,掉进海里的可能性更大。"

"我听不太懂，不过更合理的想法是人类自己搞的鬼？"

"没错。你有什么线索吗？"亚历山大探出身子。

朴萨努力张了半天嘴，终于吐出那个名字。

"我猜可能是拉薇卡。"

"天空与大海之间的土地"在燃烧。

三天前刚刚离开这里。现在，海边的树木、森林里的房子和仓库、能容纳上千人的神殿，全都冒出滚滚黑烟。礁湖里漂浮着无数尸体。

朴萨与同伴们从圆木上一起看到这个景象的时候，心里还抱着微弱的希望。

——如果她只是像克拉德莱克那样受到操纵……

如果只是受到操纵……又能如何？

如果只是受到操纵，她的行为就能被原谅了吗？

把怪物的卵送去母亲的家乡，让大家都变成它的食物。趁波纳佩的战士们出发去战斗的时候，又要毁灭父亲的土地。

"那些可恨的怪物！快点靠岸！"

诺克用力踩脚，一个劲地催促亚历山大。如果能像他那样发泄怒火该有多好啊，朴萨想。

亚历山大听朴萨诉说了自己心中的猜疑，但并没有告诉诺克他们。朴萨恳请他不要说出去。在弄清事实之前，他不想责怪她。

可惜，那渺茫的希望，如今就这样破灭了。

战士们与亚历山大和奥一起乘上变大的小船，进入礁湖。海面上漂浮着的无数透明袋子一样的东西，纷纷聚集过来。

亚历山大问："这水母一样的东西是什么玩意儿？"

奥伸出大剑，戳了戳它。突然间，水母上飞速弹出犹如细绳一样的触手，紧紧缠住大剑。不管那东西是什么，它显然想把剑拖进水里。

奥把剑加热到白炽状态,烧掉了触手,说:"这些家伙恐怕是进化体。ET为了量产它们,费了不少心思。"

"我倒是觉得洪朴莱岛的怪物乌贼更加可怕。"

"我猜它们并不是游泳型,而是漂浮型的失败作品。游泳型有活动时间的限制,而如果能够漂浮,利用风和洋流,就可以移动到任何地方。"

"原来如此……它们是想用这种形态分散到更远的地方去!"

"礁湖的出口,只有刚才通过的这一处吗?"奥问战士们。

诺克回答说:"南边还有一处。"

"好,封锁这两个地方。你们带上碎石头,把两个出口堵上。这些水母如果流出去,就会在全世界繁殖。"

"那你们呢?"

"我们去斩断ET的根。朴萨,你带路。"

朴萨点点头。

一登陆,在洪朴莱交过手的兔子就扑了上来,只是个头小了一圈。奥和亚历山大来到朴萨左右迎击。奥举起大剑,亚历山大把那个圆筒扛在肩上,小箱子像是香蕉串一样垂下来。兔子们纷纷被砍断、射穿。

"小型的家伙。是速成的吧?"

"三天前还没有这些东西。"

"那它们刚刚出生了三天?"

"不见得。也许之前躲在森林里,等男人们离开。"

兔子从树上跳下来。奥纵身跃起,把它砍成两段,说:"不管怎么样,等下还要在全岛仔细搜查。这么大的岛,有正经的繁殖巢也不奇怪。"

朴萨听着两人的对话,恍若在做噩梦一样。不知什么时候,这些可怕至极的怪物在自己的岛上筑巢了……

"往哪边走,朴萨?"

"这边。"

朴萨指向通往神殿的岔道。那是十天前刚刚和卡卡普厄走过的道路。

朴萨突然哆嗦了一下。

"怎么了?"奥迅速问。

"我听到有声音。"

"是村民吗?"

"对。孩子的哭声。他们还活着!"

朴萨跑了出去。两个男人跟在后面。

一出森林,就看到耸立在礁湖中的神殿。在那犹如巨型舞台的神殿上,留守的女性和孩子们聚在那里。周围有十只左右的兔子在巡逻,像是在监视他们。

一个女人抱着吃奶的孩子跑到舞台边缘,大概是想跳下去逃走,但是怪物的反应更加迅速。

兔子跳得很远,仅仅五步就追上了那个女人,砍倒了她。人群发出悲痛的叫声。

"混蛋!"

"这可真少见……"

怒吼的朴萨听到亚历山大的话,回过头看了看他。那巨汉和奥对望一眼,意识到朴萨的视线,旋即摇摇头。

"那后面有房子。那是什么地方?"

"那个吗?那是圣庙。"

三个人跑过浅滩,踏上楼梯。严阵以待的兔子们发起攻击。奥和亚历山大迎击。亚历山大用肩上扛的圆筒射出光芒,对朴萨说:"朴萨,你先走。我们收拾这里。"

"好!"

朴萨从激战中穿过,经过吃惊的女人们身边,朝圣庙跑去。

圣庙的门敞开着。朴萨一只手握紧卡卡普厄的枪,另一只手抓着肩膀上挂的袋子,朝昏暗的室内望去。

"拉薇卡,在吗?"

一开始他什么都看不见。慢慢地,室内的景象逐渐清晰起来,和他原本的模糊预想相同。

房间中央竖立着怪异的露兜树,地板上铺满了人体。

在露兜树旁边,一头波浪黑发的少女裹着薄薄的披肩,怀中抱着一样东西,那东西垂下若干丝线——那是礁湖上漂浮的袋状怪物。少女动作温柔,像是在抱着婴儿一样。

"拉薇卡!"

朴萨踏进圣庙。少女回过头。朴萨本以为那张脸一定已经扭曲变形了,就像是克拉德莱克,被未知的疯狂附体了一样。

然而并非如此。拉薇卡虽然肌肤干瘪、形容憔悴,但眼中闪烁着理性的光芒。看到朴萨,露出微微的笑容。她抱着水母,缓缓向他走来。

"库·朴萨,你没有死啊,太好了。我想你要是活下来就好了。因为你是好人……"

朴萨心中一片混乱。他本以为自己会遭到拉薇卡的攻击,然而现在她的模样就像在应和自己长久的期待一般,如此温柔地迎接自己。但是她确定无疑已经成了怪物的眷属。

朴萨低声问:"其他人死了也没关系吗?"

"……"

"特库特瓦、奥利德、巴莫他们呢?大家都是为了保卫村子出去战斗的,他们死了也没关系吗?"

"库·朴萨……"

"还有卡卡普厄。"

朴萨从袋子里拿出项链,递过去。

"卡卡普厄死了。被克拉德莱克拿枪刺死了。"

拉薇卡会哭出来的吧,朴萨想。他做好了准备,要硬着心肠冷眼旁观。

所以当他看到拉薇卡露出寂寞微笑的时候,不禁怀疑起自己的眼睛。

"他死了?"

"啊,是的。"

"是吗……那也没办法。他也是船长阶层的啊。"

"你要把船长阶层的人杀掉?"

拉薇卡没有伸手去接项链,垂下眼睛。泪水滴滴答答地掉落,她用手擦了擦眼角。

朴萨又问:"拉薇卡,你为什么这么做?不,这些真是你做的吗?你只是被怪物煽动的吧?"

他想听她说"是的"。那是朴萨最后的希望。他希望她也是受害者。

拉薇卡擦去泪水,注视着朴萨,用颤抖的声音说:"是我做的。我痛恨阿尔瓦拉的船长们!"

朴萨目瞪口呆,不知道该说什么才好。拉薇卡像是要把心中积蓄的话都倒出来一样,激动地说:"我还是小孩的时候,是谁把我从母亲身边抢走,带来这里?是侍奉阿尔瓦拉的阿维奈一族!一直欺凌我的是谁?是阿尔瓦拉的神官!把我关起来要饿死我,不给吃不给喝,强迫我一直跳舞,跳到昏厥!我恨,我真的很恨!永远都是为了船长阶层,为了神官,为了阿尔瓦拉!不光是我,阿维奈的女人,全都被当作被魔法医生,全都受到这样的对待,全都仇恨着!我一直在想,迟早要报仇!所以我把这——"

拉薇卡踹了一脚地上刺了气根的人体,标识神官身份的好几重项链,哗啦作响。

"所以我就这么做了。"

她脸上露出自暴自弃般的笑容,大口大口地喘气。朴萨凝视着她。他心中涌上的不是震惊,而是缓慢的痛楚。

"这些家伙,并不是什么好东西啊,"朴萨用枪指向露兜树,说,"它们是邪恶的怪物,想把所有海上的人都杀掉。"

"……我知道。"

"是吗?"朴萨问。

拉薇卡反问:"你知道我是怎么和它们联手的吗?"

"……怎么联手的?"

"这样的。"

拉薇卡抓住朴萨空的那只手,拉向自己的胸口。朴萨条件反射地要缩回手,但拉薇卡厉声喝道:"摸!"

朴萨触到了拉薇卡的乳房。犹豫不决的那只手,猛然灌注了力量,大大张开的手指,抚摸她柔软的胸部。

随后,朴萨咽了一口唾沫,缩回了手。恐惧让他两腿打战。

"……没有声音。"

"对。"

拉薇卡扭过头,用手捂住嘴。

"我让'它'吃了。'它'想要了解人类,而我想破坏一切。所以我用自己的身体告诉'它'人类是什么。'它'开心地研究我,想出了把人类当作材料的方法。"

"哇"的一声,拉薇卡吐出了什么东西。她把手伸到朴萨面前,手上有一颗豆粒大小、略带白色的东西。

"这就是卵。吃了这个的人,会吐同样的卵,然后就被控制了。被控制的人多了,就形成苗床,造出子房。"

"……外面的兔子呢?"

"那是后来加入的。大概在岛上什么地方有巢吧。洪朴莱也有吧?"

"有。"

"那说明我带去的卵繁殖了。"

朴萨又一次伸出手去,触摸拉薇卡的胸。拉薇卡没有阻拦。胸部很柔软,但没有心跳。想到那里面已经不是拉薇卡,而是塞满了别的东西,朴萨感到的不是恶心,而是寂寞。

朴萨抱住拉薇卡,低声说:"你为什么这么做啊……"

"我以为你会理解。做不了战士的库·朴萨,被当作傻子的库·朴萨啊。"

"我已经是朴萨了。战士朴萨。"

朴萨抓住拉薇卡的肩膀,轻轻推开她。拉薇卡的眉间,徐徐积蓄起怒气。

"你也要变成船长了。"

"我明白你的心情。从今往后,我们也会好好照顾阿维奈的女孩子。"

"这样的承诺……这样的借口,我听过太多了!"

拉薇卡瞪起眼睛,背后的露兜树发出激烈的嘈杂声。气根逐一弹起,尖锐的根尖刺向朴萨。

"我听过太多太多了!"

气根纷纷向朴萨刺来。朴萨举起卡卡普厄的枪,用力往前一刺。

刺穿肉体的声音传来。

"这是我最后要做的,拉薇卡。"

朴萨的左肩和右肋都被刺穿。他忍着剧痛,手上的枪深深刺进那个女孩的咽喉——那个他喜欢的女孩的咽喉。

"……萨……"

瞪大的眼眸慢慢地合上，宛如陷入了永恒的长眠。

死者躺在小筏上，依次漂向夕阳染红的礁湖。退潮的潮水将他们从堡礁的缺口引导出去，送去外海。

幸存的女人和孩子们，以及逃去森林等待反击机会的男人们，站在海滩上，目送木筏远去。

浅滩上的南·萨普维吟唱告别的诗句：

"海底的卡尼维斯啊，收下死者的灵魂与肉体吧。用潮水洗刷罪恶者的灵魂，用砂石打磨善良者的灵魂，完完全全接受他们吧。"

拉薇卡也像是普普通通的死者一样，同样被送出去。阿尔瓦拉的人们，悼念被怪物欺骗的她，从心底为她流泪。只有朴萨，想到她在很早以前就已经死去，为她的不幸悲伤，流下泪来。

朴萨只对两个人说了事情的真相。亚历山大和大船长南·萨普维。大船长虽然被拉薇卡和她的眷属抓住，但因为年事太高，没有被当作苗床。

听到朴萨的话，他深感痛心，为了不再发生这样的事情，承诺要善待阿维奈的女孩子。

对拉薇卡的承诺实现了。

朴萨坐在沙滩上，有个人来到他身边。回头一看，是诺克。他用责备的眼神看着朴萨。

"你没有把那个给拉薇卡吗？"

"唔……哦，这个啊。"

朴萨从袋子里拿出红珊瑚的项链。

"我以为你能交给她。"

"给了。但是她说她不要。"

朴萨站起身，将那项链远远扔了出去。在铺满晚霞的天空中，项链闪着光芒飞了出去。

诺克吃惊地说:"不要的话,给我也好啊。"

"给拉薇卡了。"

"哎?"

是给被怪物吃掉以前的她。朴萨在心里加了这一句。

礁湖的中心,跃起小小的水柱。

"去水底吧。"

朴萨说。

"处理完毕……"

天完全黑了。亚历山大把临时回收的少女遗体再度放到了海上。她躯体里残留的ET繁殖组织全都处理掉了。

"安息吧。"

在潜艇的甲板上,信使们目送少女消失在海浪中。

过了片刻,亚历山大说:"我想把真相告诉朴萨。"

奥威尔回答说:"什么真相?"

"ET并不会放过女性和孩子。"

他和朴萨一起,在波纳佩的海滩看到神殿的时候,非常吃惊。那神殿是后来被称作南马都尔神殿群中的一座。他看到绰号"兔子腿"的ET们,就像是监视俘房的人类士兵一样,在看守那些人。

"与其费时费力去监视,不如早点收拾掉。那些RET[1]们的行动显然超出了ET的范畴。之所以会有这种情况,只能认为它们接收了非正规的系统传来的命令。ET在那里的指挥中枢,是同化拉薇卡的个体。"

"所以呢?"

"换句话说,是不是可以认为,拉薇卡并不是冷血的复仇女,她

---

[1]Rabbit ET,即兔子腿。

的内心保留着强韧的良心?"

"就算是这样,你觉得把这一点告诉那个少年,就会让他高兴一点?"

"我想说的是,一直到最后的最后,拉薇卡都是以一个人类的身份在抵抗。"

"那更痛苦吧。"

亚历山大沉默了。

终于,他再度开口的时候,声音中透出沉重的疲惫。

"我很可怜朴萨啊。"

"没办法的事。"

"我想回去安慰他。"

"他也是男子汉,需要一个人挺过去。而且……我们也到沉睡时间了。"

信使必须在漫长的时间中穿梭,与无数ET战斗。为此,必须尽可能保持沉睡,避免不必要的消耗。

"快点进去吧。"

说完,奥威尔钻进舱盖,消失在脚下的船身中。

亚历山大盘腿坐在摇晃的船身上,久久眺望夜晚的大海。